四十年代文学争论与当代文学规范建构

夏文先/著

北京师范大学出版集团
安徽大学出版社

图书在版编目(CIP)数据

四十年代文学争论与当代文学规范建构/夏文先著.
—合肥:安徽大学出版社,2015.4
(博学文库)
ISBN 978-7-5664-0866-2

Ⅰ.①四… Ⅱ.①夏… Ⅲ.①中国文学—现代文学—文学研究—1937~1949 Ⅳ.①I206.6

中国版本图书馆CIP数据核字(2014)第277480号

四十年代文学争论与当代文学规范建构
sishi niandai wenxue zhenglun yu dangdai wenxue guifan jiangou

夏文先 著

出版发行:	北京师范大学出版集团 安徽大学出版社 (安徽省合肥市肥西路3号 邮编230039) www.bnupg.com.cn www.ahupress.com.cn
印　刷:	合肥远东印务有限责任公司
经　销:	全国新华书店
开　本:	152mm×228mm
印　张:	12.75
字　数:	160千字
版　次:	2015年4月第1版
印　次:	2015年4月第1次印刷
定　价:	28.00元

ISBN 978-7-5664-0866-2

策划编辑:卢　坡　　　　　装帧设计:李　军
责任编辑:卢　坡　　　　　美术编辑:李　军
责任校对:程中业　　　　　责任印制:陈　如

版权所有　侵权必究
反盗版、侵权举报电话:0551—65106311
外埠邮购电话:0551—65107716
本书如有印装质量问题,请与印制管理部联系调换。
印制管理部电话:0551—65106311

目 录

序 …………………………………………………………〔001〕

前 言 ………………………………………………………〔001〕

第一章 文学论争与民族的、阶级的斗争主题 ………〔001〕

    第一节 现代民族主义在中国的起源与散布 ……〔002〕

    第二节 民族与民主斗争主题的形成 ……………〔007〕

    第三节 民族民主斗争主题的拓展与变奏 ………〔024〕

第二章 文学论争与文学的民族化大众化 ……………〔037〕

    第一节 "左翼"文学的"化大众"与"大众化" ……〔037〕

    第二节 文学论争与战时文学的"大众化" ………〔052〕

    第三节 "民族形式"论争与战时文学民族化大众
           化路径选择 …………………………………〔058〕

第三章 文学论争与文学的"工农兵方向" ……………〔078〕

    第一节 文学"工农兵方向"的理想期待与现实根据
            …………………………………………………〔079〕

    第二节 延安文艺整风与文学"工农兵方向"的确立
            …………………………………………………〔092〕

    第三节 《讲话》的传播与"方向"的维护 …………〔107〕

第四章 社会主义现实主义与"政治标准第一"的文学批评 …………………………………………………〔118〕

    第一节 战时现实主义的文学创作与理论批评 …〔118〕

    第二节 社会主义现实主义与新的文学规范的建构 …………………………………………………〔126〕

    第三节 "政治标准第一"与文学批评话语的政治化 …………………………………………………〔133〕

结　语 ………………………………………………〔141〕

附录一 "民族形式"论争与毛泽东战时文艺现代民族化构想 …………………………………………〔144〕

附录二 在"规范"的丛林中艰难跋涉
      ——重读萧也牧小说《我们夫妇之间》………〔152〕

附录三 历史真实的想象与重塑
      ——"十七年"非革命历史小说人物谱系分析 …〔161〕

附录四 1940年代(1937～1949)文学论争文章篇目概览 ………………………………………………〔172〕

参考文献 ……………………………………………〔185〕

后　记 ………………………………………………〔189〕

序

◆黄书泉

20世纪中国文学经历了曲折的百年历程。其思潮之迭起,观念之碰撞;其变化之频繁,落差之巨大;其现象之繁杂,作品之众多;其评价之分歧,论争之激烈,为中外文学史所罕见。因此,面对这样一个研究对象,研究者从何处入手,常常成为一个棘手的问题。概而观之,举凡中国现当代文学研究者,大抵走的是两条路径,或者说是两种研究模式:一种是所谓的"宏观研究",即主要以一定的理论观念为指导,从一定历史时期出发,以文学思潮、观念、现象的变化、发展为脉络,考察、研究、把握中国现代文学的种种特征;一种是所谓"微观研究",即以某一文学时期或某种文学思潮的代表性作家作品作为研究对象,考察、研究、把握其在整个文学中的独特位置、价值。两种研究,并无高下之分,却各有利弊。宏观研究具有开阔的视野、整体的意识、理论思辨的力量,却容易走向大而无当,空疏无物;微观研究紧扣作家,细读文本,具有文学批评的有效性,却容易就事论事,缺乏对中国现代文学理论研究的建设性贡献。因此,作为一名中国现当代文学研究者,我历来认为:无论你走的是哪一条路径,都要将宏观研究和微观研究相结合,即宏观研究要以具体文学现象和作家作品为基础,微观研究要有宏观视野和整体意识,两者相互补充,方有可能把握复杂丰富的20世纪中国文学。

夏文先的《四十年代文学争论与当代文学规范建构》一书显然属于上述的宏观研究,即属于中国现代文学思潮研究。这些年来,思潮研究的著述非常丰富,许多整体性的新评价和带有颠覆性的新观念从中产生,但重复性的研究也不在少数。夏著的新意就在于从"文学论争"这个视角入手,去考察、把握40年代的文学思潮。研究"文学论争"是一个人们不大感兴趣,却需要研究者在掌握大量论争双方原始材料基础上进行艰苦的爬梳钩沉的工作,可以说是"费力不讨好"。然而,这却是一项十分有意义和有价值的研究。文学论争,古已有之,中外皆然,但是,像中国现代文学史上论争次数之多、频率之高、牵涉面之广、影响之大之深,实属罕见。如著者所言,在某种意义上,一部中国现代文学史就是一部文学论争史。究其原因,中国现代文学与中国现代社会时代的紧密联系,以与政治、思想、文化的缠绕为其首。因此,从"文学论争"破题,不仅为从整体上更完整、全面地解读中国现代文学提供了一个独特的窗口,也是切入各个时期的文学思潮的最佳角度之一。尤其是夏著关注的40年代的文学论争,不仅更加激烈,政治意识形态背景也更为复杂,对数年之后的新中国的"十七"年文学影响也更为直接和深远。关于这次文学论争,钱理群等著的《中国现代文学三十年》一书如是说:

> 40年代由于战争带来历史的大变动、大转折,文艺思潮也随之呈现出纷繁复杂的状况,文学论争比以往更为频繁和激烈,论争难免有文坛宗派的纠纷,或受特定政治因素的左右,甚至有一些负面的影响,但总的来说,还是促进了对一些重大文学问题的探讨,促成了一些批评家的诞生。

该书作者以"文学论争"为轴心,围绕着"一些文学重大问题的探讨"展开了他的论述,如民族的、阶级的斗争主题,文学的民族化、大众化问题,文学的"工农兵方向","社会主义现实主义"问题等等。在论述过程中,虽然其中有些引用文献材料还可再精当些,有些观点还有待商榷,但我以为该书借助本尼迪克特·安德森的现代民族主义理论,在以下两个方面是对40年代的文学论争这一研究课题深化了:一是以充分的材料史实为支撑,突出了论争的政治化特性,强调了"论争中文学自身属性淡出,常常表现为不同政治思想、观念和势力的冲突与交锋"。由此通过对"文学论争"的研究,在一定程度上深化了我们对中国现代文学与政治的复杂关系的认识,甚至为进而对其反思,乃至"重写文学史"都提供了某种启示。二是阐释了40年代的种种文学论争中所建构的文学规范,不仅直接影响了当时的文学发展,也深刻地影响着1949年以后的文学变化发展方向。如民族的、阶级的斗争主题不仅在过去的解放区成为"压倒一切的主题",而且在当代文学的创作中,它也将成为新的原则性要求与"劳动生产"的主题结伴而行,共同完成当代文学创作主题的规范性建构。新中国成立以后文学的"描写社会主义新人"的规范和对新人的"圣洁化"过程,实际上是在40年代围绕《讲话》提出的"工农兵方向"论争中建构的文学规范的延续,等等。从这两个方面可见作者努力打通现当代文学的整体意识和理论自觉。不足之处是,本尼迪克特·安德森的现代民族主义理论似乎没有能够贯穿到整个论述中,而在论述文学论争与当代文学规范建构的关系中,与特定时期的文学创作实践包括具体作家作品结合不紧,有时不免使论述流于空疏,缺乏美学的有效判断。这再一次印证了:宏观研究只有和微观研究紧密结合,才能做好现当代文学研究这篇大文章。夏君正当盛年,来日方长,厚积薄发,必将有新的突破。

是为序。

前　言

　　一部中国现代文学史,从某种意义上说,就是一部文学论争史,文学论争贯穿始终。从1917年文学革命发难到1949年第一次全国文代会召开,大大小小的文学论争就有80余次①。论争次数之多、频率之高,在世界文学史上也属罕见。更值得关注的是,在中国现代文学史上,每一次规模较大的文学论争总会伴随一次新的文学思潮涌起,一次文学观念的变革,一场社会运动的发生。"五四"时期的文学论争,不仅引发了一场思想性的新文化运动,而且还引发了一场政治性的反帝爱国运动。1920年代的文学论争,不但改变了"五四"新文学以反封建为主要内容的单一格局,还把文学革命与社会政治变革紧密地结合起来,直接赋予新文学反帝反封建的内容以新质。1930年代的文学论争则是在新文学队伍分化与重组的基础上展开的,论争的背景虽较为复杂,但从总体上看,是文学的民族意识、阶级意识、人文意识的矛盾与碰撞,从而形成了1930年代民族主义文学、左翼文学、自由主义文学三足鼎立的局面。而1940年代的文学论争更是在广阔、复杂、多变的时空中进行的。因其特殊的战争背景和严酷的社会环境,使得1940年代的文学论争均被重重烙上战火的印记,形成了有别于二三十年代文学论争的特质。在论争中,论争的文学属性淡出,"往往体现为不同政治思想、观念和势力的冲突与交锋,在这些论争中构成论争的核心并决定论争进程和方向的,不是文学自身,而

---

① 陈漱渝:《战斗的作者应该注重于"论争"》,见刘炎生著:《中国现代文学论争史》,广州:广东人民出版社,1999年,第8页。

是政治和战争"①。

由此可见,文学论争与中国现代文学的产生、发展及其历史的走向间结下了割舍不断的情缘,同时也与"当代文学"这一新的文学形态在1940年代的生成、生存和未来发展的趋向间建立了密不可分的关系。本书主要截取现代文学史上"40年代"(1937～1949)这一特殊的历史时段作为观测点,借助本尼迪克特·安德森的现代民族主义理论,对1940年代文学论争以及论争中争论双方(或多方)的立场观点、问题提出的背景、争论展开的情况、依据的理论资源、潜隐的政治——文化逻辑等方面进行辩证考察,科学分析,力求在历史的和逻辑的统一中,揭示1940年代文学论争对中国现当代文学发展的历史影响,以及其与中国当代文学规范建构间的关系。

诚然,一种新的文学形态的生成和具有宰制性质的文学规范的构建不可能是一蹴而就的,也不可能仅仅通过"论争"这种单一的形式就全部实现。在1930年代,文学的风韵流脉并没有因为多方的、错综的文学冲突和派别纷争而此消彼长,而是形成了一个多元共存的较为繁荣的格局。"左翼"、"京派"、"海派"、"鸳鸯蝴蝶派"等文学板块的形成,不仅对当时中国文学格局发挥了强大的影响作用,而且在一定时期内构成了中国现代文学的基本图示。1940年代,文学的发展更是受政治、战争、地域等多种因素的影响和制约,因而文学自身建设也存在着多样的可能性和展开方式。但后来随着战争的推移、政局的变化,文学的发展只确立了一种路径,选择了一种方式,为什么文学或作家做出了这样的选择?这正是研究中的难点,需要在"文学论争"的视角下给予关注,并予以重点解答的。

为此,在本书的研究视阈中,在时间维度上,势必要对既往文学历史发展状况做相应的追溯与回叙,即对中国现代文学史

---

① 朱晓进:《非文学的世纪:20世纪中国文学与政治文化关系史论》,南京:南京师范大学出版社,2004年,第183页。

通常所指称的"40年代"这一特定时间范畴会有所突破,以保持相关文学思潮、文学形态和文学事件发生发展的连续性和完整性。此外,在研究对象和研究内容上,既要注意与文学论争相关的"史实",又要考虑与这些"史实"相联系的当事者、批评家和文学史家的历史"叙述"。只有这样,我们才有可能在"文学论争"这一视角下,较全面地接近历史的真实,较客观地窥视当代文学几个重要规范("民族的、阶级的斗争主题","民族化大众化的审美品格","文学的'工农兵方向'","社会主义现实主义的创作原则","'政治标准第一'的文学批评"等)。梳理1940年代战争语境中具体建构的整个过程,从而在分析评述中达到对1940年代文学发展历史进程较客观的把握,这也是该问题研究中应努力的方向。

近些年来,与这一课题所涉及的同一时段内的相关研究成果已有不少,如洪子诚的《中国当代文学史》(前三章),钱理群的《1948:天地玄黄》、《对话与漫游:四十年代小说研读》和《中国现代文学三十年·第三编》(与温儒敏、吴福辉合著),吴福辉的《中国现代文学发展史·第四章》,贺桂梅的《转折的时代——40～50年代作家研究》、《"当代文学"的构造及其合法性依据》,李书磊的《1942:走向民间》,以及范智红关于1940年代的小说研究《世变缘常:四十年代小说论》,范家进、杨联芬关于赵树理、孙犁的专题研究,段美乔关于1940年代中后期北京的文学运动研究,吕晴的关于延安知识人研究,萨支山的关于"左翼"文学、延安文学的文学史诠释的研究等。这些同一时段相关问题的研究既呈现出研究成果的丰富、研究对象的多元,又体现出研究方式方法的多样,其间无不渗透着研究主体强烈的时代精神及浓厚的个性色彩。但是,把1940年代的"文学论争"作为关注点进行专门研究的还不多见。可能是受自身的阅读范围所限,目前进入视野中的只有王丽丽女士的《胡风与文学意识形态转折的碰撞——以四十年代的三次论争为中心》,

朱晓进、杨洪承、何言宏等著的《非文学的世纪:20世纪中国文学与政治文化关系史论》和刘炎生先生的《中国现代文学论争史》中辟有专章进行论述外,其他尚未发现。而把"40年代文学论争"与"当代文学规范建构"作为特殊对应关系的研究目前尚未有人论及。

因此,笔者认为,加强这一方面问题的研究理应受到重视。首先,它有助于深化我们对文学与政治关系的理解。战争是政治的极端形式,"是人类政治冲突最激烈的表现"。20世纪40年代,整个中国都处在战争的血雨腥风之中,文学自然也不例外。由于文学自身的特殊作用,战时各方的文艺政策都对文学提出了特殊的要求,不同派别的政治力量均加强了对文学资源的争夺、占有和支配。在文学创作上,作家的创作立场、创作倾向与时代政治声息相通,遥相呼应,彼此之间达成默契或共识。而作为一种论辩形式本身就蕴含着一定的对立因素的文学论争,其中的政治色彩就显得更加浓烈。在当时的文学论争中,作家的文学观念、创作主张基本上就是一种政治立场、政治态度的宣示,或是对某一政治派别文艺政策的阐释与维护,而从文学自身角度提出的文学见解少之甚少。在文学论争中,即使有所谓的论争双方或多方,那也是基于对不同政治派别文艺政策理解而产生的差异,而论争的最后裁判也都是有关政府部门或官方政治权威,文学的法则完全由政治规则所取代。也就是在那样的历史环境下政治氛围中,文学自身的发展不可能脱离包括政治环境在内的生存环境而自命清高。

其次,加强这一方面的研究,也有助于深化对当代文学的生成及其"规范"建构过程的认识。当代文学是在现代文学的母体中孕育出的"新质",其生成的方式与"规范"建构的过程均是在20世纪40年代这一特定的历史环境中完成的。其中,政治(战争)因素正是借助文学论争发挥了它的规约或催生作用。尤其是毛泽东的文学思想、中共的文艺政策和解放区的文学实践等,对当代文学的生成和发展起到了决定性的作用。通过对40年代文学论争历史的梳理,我们从中可以窥见,在文学论争的背后,上述诸因素如影随形,杂陈其中,难以剥离。为此,中国当代文学的生成及其"规范"的建构,也很难摆脱政治的干涉而特立独行。

"文学论争"作为一种特殊的文学现象,不仅贯穿了现代文学30年,而且更加强烈地冲击当代文学数十年。虽然今人或遗忘或厌烦或不屑重提陈年旧事,但在文学与政治的关系仍梦魇般地缠绕文坛而挥之不去时,反思和重评40年代文学论争的历史,重新认识文学与政治的关系、文学论争与文学自身发展的关系,或许对我们更深入地理解20世纪中国文学的发展变化具有一定的启示作用,我们从中或许会对中国文学的未来产生类似于此的理性思考和乐观自信:

> 在20世纪……特别是新世纪以来的历史语境中,中国文学,或者说广大中国的文学知识分子应该重新调整文学与现实间的复杂关系,并且在对文学自主性的捍卫与追求之中,自主性地介入政治、介入历史。正是在这种自主性的介入之中,文学才能获得自己的力量与尊严。对于现代以来与中国的社会政治紧相纠缠并且在晚近时期充满问题的中国文学,这正是一次新的机会。①

---

① 朱晓进:《非文学的世纪:20世纪中国文学与政治文化关系史论》,南京:南京师范大学出版社,2004年,第480页。

第一章　文学论争与民族的、阶级的斗争主题

20世纪40年代的中国文学,是在"五四"新文学以来业已形成的文学观念、文学形态和文学格局基础上的发展与变异。旷日持久的战争,不仅使中国文学在20世纪30年代形成的三足鼎立的格局被打破,而且在文学观念和文学形态上也发生了深刻的变化。素来就有强烈的民族意识和忧患意识的中国知识分子,在这民族存亡的生死关头,表现出了空前的爱国激情。他们在抗战建国的大旗下重新集结,义无反顾地投身到全民族的抵抗运动中。抗战中涌现出的民族主义和爱国主义成为时代的主旋律,也成为战时文学理论批评和创作实践中压倒一切的主题、原则、标准,甚至成为唯一的选择。

令人费解的是,在抗战前期,究竟是一种什么样的心理动机,一种什么样的精神力量,促使中国广大的知识分子(作家)摆脱因袭已久的文人相轻的陋习,摒弃20世纪30年代的宗派和门户之见,甚至超越了政治意识的分歧和阶级立场的对立,重新站在一起,步调一致,全身心地投入到民族抗战的洪流中。这些潜在的疑惑,我们可以从安德森的现代民族主义理论中找到可能是较为真实而深刻的答案。简而言之,就是一种与历史文化变迁相关的,根植于人类深层意识的心理结构,一种赋予民族成员共同的身份认同,一种对民族共同体效忠的集体情感,一种对未来的政治共同体的想象使然。这种在民族危难之际的"集体认知"和对未来的"共同想象",不仅是中国现代民族

主义产生的文化心理基础,同时也是中国现代文学产生、发展的根本动因。而发生在 20 世纪 40 年代的文学论争,也正是在现代民族主义勃兴的背景下,中国知识分子开始重新认识当前的文学环境、文学任务和文学对象,对"五四"以来现代文学的主题意向、审美风格和表现形式进行了认真的反思,并在此基础上试图提出既符合当前需要,又能烛照未来文学发展路径的不同设想间的矛盾与冲突。鉴于安德森的现代民族主义理论与 20 世纪 40 年代中国的政治、思想、文化间有着深刻的精神关联,更因为其理论的较强的实践性与现代中国的政治、思想、文化实践有着理论上的暗合与实践上的共通。为此,借用安德森的民族主义理论来探讨 20 世纪 40 年代所发生的文学思潮、文学运动和文学论争现象,我们或许能从中得到新的理解与认识。

第一节 现代民族主义在中国的起源与散布

一、安德森的现代民族主义理论

在安德森的视野中,"民族与民族主义"的问题构成了支配 20 世纪的两个重要思潮——马克思主义和自由主义理论的共同缺陷。在对这个问题的处理上,安德森认为:马克思主义和自由主义理论都因为陷入一种"晚期托勒密式"的"挽救这个现象"的努力,而变得苍白无力。想要有效地解答这难以捉摸的"民族之谜",必须彻底摒除错误的预设,以"哥白尼精神",寻找一种新的理论。在《想象的共同体》中,安德森独辟蹊径,从民族情感与文化根源上来探讨不同民族属性的、全球各地的"想象的共同体",为我们提供了一个认识和解决民族与民族主义问题的新理论典范。

安德森认为,民族是一种"特殊类型的文化人造物",是"一种想象的政治共同体"。① 它在本质上就是一种现代的想象方式,是形成任何群体认同不可或缺的"认知"过程。因此"想象的共同体"指涉的不是什么"虚假意识"的产物,而是一种社会心理学上的"社会事实"。它源于人类意识在步入现代性过程中的一次深刻的变化,最初而且主要是通过文学(阅读)来想象的。18世纪初兴起的两种想象形式——小说和报纸——"为重现民族这种想象共同体提供了技术手段"②。

在《想象的共同体》中,安德森还为我们进一步分析了"民族"这种特殊的"文化人造物"之所以会引发人们前仆后继为之献身的根本原因是,"民族"的想象能在人们的心中召唤出一种历史宿命感,它从一开始就与个人无可选择的事物(如出生地、肤色、语言等)密不可分。无可选择、与生俱来的"宿命",使人们在"民族"的想象之中感受到一种真正无私的"大我"与群体生命的存在,从而引发人们深沉而强烈的依恋之情和无私而尊贵的自我牺牲。当安德森在完成了对"民族"这一概念的界定与阐释之后,又一步一步地论证了关于民族主义从美洲向欧、亚、非洲渐次传递和不断"型塑"的过程,从而完成了他关于民族主义起源和散布的复杂论证。

安德森正是在"不断的行走中",深深体验到"集体认知"、"共同想象"对民族主义产生和发展的重要作用。这是任何单纯的书斋研究、理论思辨所不能企及的真实发现。安德森的民族主义理论不仅在创新性学科研究上做出了突出的贡献,同时也为我们研究中国民族主义起源与散布设置了现代性阐释代码,无论是在理论方法上,还是在研究的视角上,对深入探讨20世纪40年代文学论争与中国当代文学规范的建构关系都

---

① [美]本尼迪克特·安德森:《想象的共同体——民族主义的起源与散布》,吴叡人译,上海:上海人民出版社,2003年,第4页。
② [美]本尼迪克特·安德森:《想象的共同体——民族主义的起源与散布》,吴叡人译,上海:上海人民出版社,2003年,第10页。

具有不可或缺的指导作用。

二、现代民族主义在中国的起源与散布

19世纪末20世纪初,当"现代民族主义"概念首次引入中国时,它带来的是现代民族观念的出现,以及由此而来的现代民族主义或国家意识的觉醒。"洋务运动"的失败、"戊戌变法"的夭折,迫使中国的知识分子不得不面对清王朝专制、保守、封闭和僵化的事实,从而进行针对性的自我反思。他们认为问题的关键在于"变法不知本原",错误地把主要精力放在器物与体制变革的层面。率先从思想文化层面进行思考的是梁启超,他在"戊戌变法"失败后亡命日本期间,就痛感中国民智未开是变法失败的根本原因,于是提出了中国近代思想史上著名的"新民说"。在梁启超看来,中国当时必须尽快引入"国家思想",当务之急就是培养民众的"民族主义"观念。它既能将中国从封闭积弱的锁国状态中解放出来,又能以此警惕对抗西方的民族主义,抵制来自他们的侵略。及至梁启超的"新民说",国家、民族、公民观念才第一次进入国人的意识中。

几乎与梁启超同时,还有孙中山和他的革命派所倡导的具有浓厚种族性质的民族主义,它是以推翻清王朝的封建统治为前提的。1902年,在日本东京革命派留学生召开的"支那亡国二百四十二年纪念会",以及1905年中国同盟会成立时的誓词——"驱逐鞑虏,恢复中华"可资佐证。其实施的基本策略就是唤起明清之际民族仇恨的记忆,诸如"扬州十日"、"嘉定三屠"之类,以激励人心,企图以此达到种族的身份认同与情感上的共鸣,从而起到凝心聚力的作用。尽管辛亥革命是在"列强瓜分在即"的背景下发展起来的,并最终推翻了清王朝的封建统治,但随后而来的军阀割据、袁世凯称帝和张勋复辟的事实足以说明:在中国,现代民族主义意识至少还没有充分显露出来。

1919年的"五四"运动是现代民族主义在中国的成熟表现,"外抗强权,内除国贼"的口号事实上已为未来的北伐战争规定了具体的目标。1924年,孙中山"联俄联共、扶助农工"的政治纲领,不仅获得了中国共产党的认同与响应,同时也赢得了广大工农群众的拥护与支持,但也引起了西方列强对改组后的国民党的疑虑。因而他们处处阻挠国民党的革命活动,1925年的"五卅事件"不过是个显例而已。所以,北伐时期中国民族主义的高涨也是以英、日等帝国为主要对象所激成的。北伐之所以迅速取得胜利,民族主义是一个不容忽视的情感要素和精神支撑。

也有人认为,在中国另一种更广泛的民族主义的兴起,不是源于满汉之间的"夏夷"之辨这类直接的政治动因,而是源于帝国主义的经济渗透,以及与之相伴而来的政治、文化或意识形态的输入。美国学者黑菲指出,帝国主义尤其是以通商口岸形式出现的帝国主义,是激励中国民族主义蓬勃发展的主要原因。他以印度和中国为例进行了比较分析:帝国主义进入印度,几乎没有遇到任何抵抗,反而被广泛接受,但在中国却遭到抵制,同样的西方殖民化模式总是遭到接二连三的挫败。重要的原因是,中国人对自己的形象有巨大的优越感。"正是中国人的这种自我形象意识挫败了西方的努力,使它未能取得它在印度的成就,在这点上,自我形象意识比任何其他因素所起的作用都大"①。

一般来说,在与西方对抗时,大多数国家的民族文化在自我形象上都会受到或多或少的损害,但在中国,这种损害不仅没有发生,反而更强化了这种民族文化自我形象的认同。这种认同正是现代民族主义产生的心理和思想基础,章太炎、梁启超在这方面是很有代表性的。章太炎自中日甲午战争后始治

---

① [美]柯文:《在中国发现历史:中国中心观在美国的兴起》第三章,林同奇译,北京:中华书局,2002年。

西学,并与康有为在变法维新上达成共识。但变法失败后,康有为退缩为保皇党,章太炎则"深疾满族"、"割辫与绝",走向"革命"。然而,章氏的"革命"还只是一种"种族革命",尚局限于狭隘的民族主义范畴。梁启超则跨越了这一门槛,促成了传统儒家的现代转化。当他从康有为的"大同"迷梦中清醒过来后,就开始着意打造他的"国家理想"或现代民族主义。他的"公德"、"私德"之辩,"国民"、"部民"之论,"国家意识"、"民族主义"观念等等,对传统的道德政治做了全面的置换。所以"从历史观点来看,梁启超无疑代表了中国民族主义的主流,这不仅因为中国民族主义产生和发展的动力来自外来帝国主义这一显然事实,而且也是基于这样的理由——只有以反帝为目标才能为中国民族主义经受住克利福德·格尔茨所称的'整合革命'提供适应能力,'整合革命'在发展中国家通常与民族主义的出现同时发生"①。

在中国,这种与"整合革命"同时发生的民族主义,实质就是安德森所说的一种"特殊类型的文化人造物",正是这种"特殊类型的文化人造物",才引发人们对未来的政治共同体的"想象",以及由此产生深沉的依恋之情。在20世纪40年代,这种"想象"的政治共同体具体表现为"统一战线"。整个社会被整合成一个"抗战建国"的共同体,共同体内部实际存在的不平等与差异甚至对立,都在反帝的紧迫主题下被淡化或悬置,人们仿佛有兄弟般团结协作的情谊和形成了一致对外的共同体。它不仅在政治、思想层面上得到了巩固与加强,而且在文化(文学)层面上也得到了空前的表现与张扬。作为"社会的象征表意系统"的文学,也忠实地记录了中华民族在面对强敌入侵时所表现出的奇异强大的精神力量,及其建构民族国家的理想与实践。

---

① [美]张灏:《梁启超与中国思想的过渡(1890~1907)》,崔志海、葛夫平译,南京:江苏人民出版社,1997年,第118页。

第二节　民族与民主斗争主题的形成

在上一节中,我们借用安德森的理论与方法,对现代民族主义在中国的起源与散布情况进行了梳理,大致勾勒出现代民族主义在中国的阶段性表现形式和呈现的状态,以及它们对中国现代社会政治、思想、文化等方面产生的影响,进而为下文所要探究的中心问题提供了一个展开的平台。以下我们重点探讨的是,在20世纪40年代非常态的战争环境中,不同的文学派别和政治集团是如何依据他们对民族主义、民族与民主关系的理解和认识,借助文学这一艺术形式,形象地传达各自对未来政治和文化共同体的"想象"与依恋,以及这种"想象"如何构建的具体策略与方法。也正是基于这种理解和认识上的差异,策略和方法上的不同,最终导致他们在政治、思想、文化等层面的矛盾与冲突。

一、战时民族与民主文学观的彰显

参与社会历史变革、促成民族国家进步,这是现代中国文学长期形成的基本品格。偏重社会功利、民族利益乃至国家立场,轻视审美与个人趣味,这也是上述基本品格在文学价值观念上的自然延伸。尤其是处在民族危难、社会动荡的非常时期,这一取向更为明显。胡风在抗战爆发不久就指出:"民族革命战争的炮声把文艺放到了自由而广阔的天地里面。"在此情势下,作家们"在对于文艺发展过程的把握上,在对于文艺任务的追求上,在对于文艺样式的理解上,在对于大众文艺的争取和究明上",都"是在和民族战争底任务相统一的前提下面进行的"。[①] 争取人的解放、阶级的解放、民族的解放的历史要求,抗

---

① 胡风:《民族革命战争与艺术——对于艺术发展动态的一个考察提纲》,载《改进》,1939年第1卷第9期合刊。

敌救亡、民主建国的现实目标,以及中国文学经世致用的传统和"五四"文学干预生活、介入时代的薪火传承,使绝大多数知识分子(作家)毫不犹豫地确立了"民族、民主"价值高于一切的文学观念。自觉自愿地选择拥抱战争、残酷现实的人生立场与艺术姿态,以文学为武器、以艺术为方式,为国家、民族、人民的利益而抗争而战斗,这正是清醒的历史使命感与强烈的社会责任感的集中体现。表现在创作上,则热情弘扬民族顽强不屈的气概,沉痛触动人民"精神奴役"的创伤,深入揭露现实生活的黑暗与弊病,深情祝祷国家有一个民主自由的未来,歌颂人民新型的性格与心理。

　　民族的和民主的观念是战时渗透于文化界、文学界的基本思想。值得注意的是,这两股思潮并无先后轻重之分,更不存在根本的矛盾冲突,它们是并行不悖、紧密结合的,只是在历史的不同时期隐约彰显的程度有所差异。抗战前期,一切不愿当亡国奴的知识分子(作家)都聚集到"抗战救国"的大旗之下,自觉地服务于争取民族解放的战争,四分五裂的文坛也形成了一个"统一战线"。虽说"统一战线"是一个"想象的政治共同体",一种文化意义上的"人造物",但"统一战线"必然统一于某种中心意识。在民族主义旗帜下形成的"统一战线"其中心意识必然是民族、民主意识,其所张扬的文学主题,也必然是民族、民主斗争的主题。

　　抗战以前,在中国的文坛上,形成了北平和上海南北两个中心,全国性的重要的文艺刊物均在这两地出版,而且集中了大批的作家。与中国其他城市相比较,两地拥有的读者最多,并形成了影响全国的三大文学流派——"左翼"、"京派"和"海派"。在20世纪30年代中国社会大变动的历史时期,三派之间因地域、作家队伍成员组成、思想文化背景和创作旨趣的不同,形成了无产阶级文学、民主主义文学、自由主义文学各自发展、演变,以及三者之间在文艺思想上的斗争和文艺创作上的相互竞争格局。

"七·七"卢沟桥事变的爆发,标志着伟大的全民抗战的展开。"救亡"压倒了一切,文艺活动开始转向以"救亡"的宣传动员为轴心。"五四"以后新文学作家所关注的启蒙主题,包括"个性解放"、"民主自由"、"社会变革"等主题,在国难当头的危急时刻,也都暂时退出了中心位置。"救亡"焕发了巨大的民族凝聚力,昔日因政治或文艺观点的不同而彼此对立的各派作家,此时也都捐弃前嫌,在民族解放的旗帜下实现了统一。①1938年3月27日,在武汉成立的"中华全国文艺界抗敌协会",其宗旨就是"以联合全国文艺家共同反对日本帝国主义的侵略,完成中国民族自由解放,建设中国民族革命的文艺"②。1938年5月4日,中华全国文艺界抗敌协会会刊——《抗战文艺》在汉口创刊,编委会由当时文艺界抗日民族统一战线各方面的代表作家33人组成。它吸引并团结爱国的拥护抗战的作家,为战时文艺的发展做出了重大贡献。特别是在宣传动员群众坚持抗战和团结进步作家等方面起到了很好的作用。

郭沫若也曾对抗战初期中国政坛和文坛的情形有过概括性的描述:"自从'八·一三'以来,所有国内的种种颟顸状态几乎完全停止了,所有一切有利于抗战的力量,也渐渐地集中了起来……就单拿文化问题来说吧。所有以前的本位文化或全盘欧化的那些空洞的论争,似乎早已是完全停止了。而在文化的分野里面受着鼓舞的,是抗战的言论,抗战诗歌,抗战音乐,抗战戏剧,抗战漫画,抗战电影,抗战木刻等举凡于抗战有益的精神活动,而最显明地受着了抑止的却是一两年前风靡一世的幽默情趣和所谓渡越流俗的'反差不多'运动的那种潮流。"③

---

① 钱理群、温儒敏、吴福辉:《中国现代文学三十年》,北京:北京大学出版社,1998年,第446页。
② 《中华全国文艺界抗敌协会简章》,载《文艺月刊》,第9期,1938年4月1日。
③ 郭沫若:《抗战与文化》,载《自由中国》第3号,1938年6月20日。

然而,在抗战初期,这种文艺创作上的变化还仅仅处于一种自发的状态。如何由自发走向自觉,如何从根本上解决抗战与文化的现实问题,郭沫若曾结合当下中国社会现实和文坛现状提出了五点建议:

> 一、在抗战时期中,一切文化活动都应该集中于对抗战有益的这一个焦点。
>
> 二、抗战必需大众动员,因而一切文化活动必需充分地大众化。
>
> 三、在使大众与文化活动迅速并普遍地接近上,当要求言论、出版、集会、结社的彻底的自由,并要求战时教育的实施。
>
> 四、抗敌理论不厌其单纯,并不嫌其重述,应该要多样地表现它,并多量地发挥它。
>
> 五、对于抗敌理论嫌其单纯,嫌其重复的那种"反差不多"的论调,或故作高深或高尚的理论以渡越流俗的那些文化人,事实上是犯着了资敌的嫌疑。①

同一时期,作为文化界另一个标志性人物,茅盾也就抗战与文化问题,尤其是作为文艺批评家如何在抗战初期加强批评工作,全面反映抗战现实,阐述了自己的看法:

> 目前我们的文艺工作万般趋向于一个总目的,就是加强人民大众对于抗战意义的认识,对于最后胜利之确信,这是我们今日文艺批评之政治的,同时也是思想的标尺。但是在批评实践时,如果把这当作咒语来使用,那就等于没有批评。……抗战的现实是光明与黑暗的交错,——一方面有血淋淋的英勇的斗争,同时另一方面又有荒淫无耻、自私

---

① 郭沫若:《抗战与文化》,载《自由中国》第 3 号,1938 年 6 月 20 日。

卑劣。人民大众是目击这种种的,而且又是深受那些荒淫无耻、自私卑劣的蹂躏的。消灭这些荒淫无耻、自私卑劣,便是"争取"最后胜利之首先第一的条件。目前的文艺工作必须完成这一政治的任务。①

这里,郭沫若、茅盾分别就抗战与文化(文艺)问题旗帜鲜明地阐述了各自的理解和认识。郭沫若除了客观分析了中华民族全面抗战爆发后,中国文艺界抛弃党派、门户之见和个人的嫌隙,聚集在民族抗战的大旗之下,借用不同的文艺形式,宣传抗战,广泛发动人民大众,积极投身到民族抗战的洪流中。同时,又对文化活动、文化活动的形式、文艺理论批评等阐述了自己的主张。茅盾则从政治、思想的高度充分肯定了文艺工作在抗战中的意义和作用,同时又从文艺批评的角度,提醒和号召文艺批评家们要深入抗战生活,向生活学习,有能力胜任当前的批评工作,指导作家明白在全民抗战时期什么是不必要写,什么是必须写以及怎样写,从而使抗战文艺作品能更全面、更充分地反映抗战的现实,直至争取抗战的最后胜利。

在中共领导下的抗日根据地,毛泽东、周恩来、林伯渠、徐特立、成仿吾、艾思奇、周扬等发起成立了鲁迅艺术学院,其目的就是为了专门培养抗战的文艺工作干部,宣传鼓动与组织群众,帮助抗战更顺利地推进,"以至获得最后的胜利,把日寇赶出中国"。周扬在《新的现实与文学上的新的任务》一文中号召作家,"要把中华民族解放的这个伟大壮烈的主题,用千百万人都能感动那样单纯有力的形式表现出来"。为了适应抗战时期大众对文化艺术的要求,"旧的作家和新的作家都应当和现实一道前进……我们不能容许文学的发展带有自发的性质"。②

---

① 茅盾:《论加强批评工作》,载《抗战文艺》第 2 卷第 1 期,1938 年 7 月 16 日。
② 周扬:《新的现实与文学上的新的任务》,见《抗战文艺论集》,上海:上海书店,1986 年影印,第 18 页。

可见,在抗战前期,无论是在国统区,还是在抗日根据地,就广大的知识分子(作家或批评家)而言,在他们的思想意识中,文学的民族观已被推上了最为显要的位置,而作为与之相承的民主文学观则相对后置,或处于潜隐的状态。尽管有些作家或批评家如郭沫若、茅盾等,他们在战时均有言论、出版或文艺批评的自由要求,但在汹涌咆哮的抗战洪流中,他们所发出的追求民主、自由的呼声常常被峻急的现实需要遮蔽、淹没。

单就中国"左翼"文学运动来看,它的发生也正是在民族生死存亡的危机时期,它承担的文学任务是与救亡图存、反帝反封建的民族、民主斗争息息相关的。早期共产党人率先把文学置于反帝反封建的革命旗帜之下,提出文学家的责任应"多做表现民族伟大精神的作品","儆醒已死的心,抬高民族的地位,鼓励人民奋斗,使人民有为国效死的精神"。① "五卅"以后,日本帝国主义进一步加紧了对中国的侵略,中国的民族危机也日益加剧。"左翼"文学运动在时代的推动下,民族的反帝精神日趋高涨,在"九·一八"、"一·二八"以后达到了高潮,"七·七"卢沟桥事变将其推到了极致。此后,抗日救国便成为中国文艺界头等大事,也成了"左翼"文学运动制订纲领路线的主要依据。抗战前夕,"左翼"文学已开始向民族主义靠拢,"左联"的解散就是一个明显的标志。"两个口号"的论争虽然进行得非常激烈,但双方都赞同新文学必须为民族解放而斗争的目标和任务。它显示着20世纪30年代以阶级意识为主体意识的"左翼"文学向民族主义文学的归顺。尽管"民族革命战争的大众文学"仍然保留了"大众"的字样,意味着仍然存在阶级意识,但"在一切救亡运动解放运动里面,抗敌战争——民族革命战争底运动是一个共同的最高的要求"②。

此时的"左翼"作家不再高唱"无祖国"之论调,也不再把苏

---

① 中夏:《贡献于新诗人之前》,载《中国青年》第10期,1923年12月22日。
② 胡风:《胡风评论集》(上),北京:人民文学出版社,1984年,第375页。

联放在自己的祖国之上。当文艺界抗日民族统一战线建立后，他们甚至不再要求创作的自由，不再强调个体人格的独立，而是主动要求组织的管理和纪律的约束，甚至要求文艺应该像军队一样，"必须自身有整齐严密的组织，然后才有系统，有计划地执行作家底工作"①。暂且不论知识分子或作家也像军队一样，按照计划执行自己的工作，能够创作出什么样的作品，我们关注的是，这样的主张和要求竟然由处于边缘状态的知识分子主动提出，这种一反常规的言行姿态里暗含的是一种什么样的精神诉求？！我们可否把它看成是在民族危亡之际，知识分子（作家）对自我话语立场的主动放弃，创作主体在民族意识统识下的自我放逐。由此可见，战时民族意识在意识形态的整合上所具有的号召力和影响力。

二、战时文学民族观与文学本体性要求的对立

在"抗日救国"这样一个共同的最高的目标要求下，文学创作有了共同的主题和共同的思想追求，即主动表现抗战中新的人物、新的民族性格，热情地渲染昂奋的时代精神，乐观主义、英雄主义的色调贯穿一切创作。战前并不发达的报告文学和通讯此时成了最热门的体裁，新闻性、纪实性显得比文学性更受作家重视。诗歌体式也更加繁富，墙头诗、传单诗、桅杆诗、朗诵诗轰动一时，各种大众化的小型文艺形式在文坛唱了主角，通俗文艺大行其道，故事、鼓词、唱本、街头剧、戏曲颇受大众的欢迎。作家们真诚地放弃了自己的个性追求，放弃了自己所熟悉的形式而迁就民众，配合抗战的宣传工作。亢奋的抗战激情，倥偬辗转的生活格局使作家们无法潜心于构筑鸿篇巨制，无法浸润在精巧缜密的构思之中。宣传抗战、揭露日军侵略者的罪行、团结和激发抗日力量，成为当时绝大多数文艺工

---

① 以群：《关于抗战文艺活动》，载《文艺阵地》第1卷第2期，1938年5月1日。

作者的最高使命。针对抗战前期文艺运动中呈现出的这一新特点,文学界反应不一,尤其是一部分坚持"艺术至上"的自由主义知识分子(作家)。他们把当时大量出现的通俗的小型抗战作品,一概称为"差不多"、"抗战八股"和"公式化",把作家积极从事抗日文艺活动、深入前线,叫作"前线主义"等等。其中,以梁实秋的"与抗战无关"论、沈从文的"反对作家从政"论和施蛰存的"文学贫困"论较为突出。

"与抗战无关"的论争是由梁实秋在重庆《中央日报》的《平明》副刊上发表的《编者的话》引起。1938年底,《中央日报》聘梁实秋为副刊《平明》的主编,他在12月1日的《平明》上发表"编者的话"说:

> 现在抗战高于一切,所以有人一下笔就忘不了抗战。我的意见稍为不同。于抗战有关的材料,我们最为欢迎,但是与抗战无关的材料,只要真实流畅,也是好的,不必勉强把抗战截搭上去。至于空洞的"抗战八股",那是对谁都没有益处的。①

梁实秋的这一办刊主张,立即遭到重庆文化界的驳斥。重庆的《抗战文艺》、《文学月报》、《大公报》、《新蜀报》等,相继刊发了罗荪、陈白尘、宋之的、张天翼等人的批判文章。其中有人就认为,"如果硬要找'与抗战无关的材料',就必须先抹杀了'抗战'躲到与抗战无关的地方去。然而可惜的是这'地方'在中国是没有的";在抗战已经进行了一年多的今天,"每一个有良心的中国人都要为祖国的抗战服务,要为祖国的抗战献身,要把一切工作成为有利于祖国抗战的工作,要把一切人力成为有利于祖国抗战的人力!然而梁实秋先生抹杀了'抗战八股',抹杀了今日抗战的伟大力量的影响,抹杀了存在于今日中国的真实只有抗战,抹杀了今日全国文艺界在共同努力的一个目

---

① 梁实秋:《编者的话》,载重庆《中央日报》《平明》副刊,1938年12月1日。

标:抗战的文艺'";"作为时代号角,反映现实的文学艺术,更其不能例外的要为祖国的抗战服务",不可能与抗战无关。① 至于公式化倾向的产生,并非因为写了与抗战有关的题材,而是由于作家"所写下发表的大抵是印象,是速写,没经过琢磨","热情淹没了人物,叙述多过于描写",总体上"与抗战有关的程度还不够深",这恰好说明作家必须更好地深入抗日的现实斗争。②

梁实秋的征稿"宣言",虽反映了一部分忠于文学的资产阶级自由主义的作家对于文学为现实所羁绊、局限的不满,表现出了想改变当前抗战文学艺术性匮乏的愿望。但是,它显然是对当下战争对文学要求的一种悖逆与变相否定,遭到广大爱国知识分子(作家)集体批判是在情理之中的事。经过4个月的论争,梁实秋在1939年4月1日以《梁实秋告辞》结束了《平明》的编辑生涯。这次论争充分显示了"抗战高于一切"是重庆文化界的人心所向。

通过论争,进步文学阵营内部也就抗战文艺创作中存在的公式化、概念化倾向进行了反思与总结。有人认为要克服以上现象,作家必须更好地深入到抗战的现实斗争中去,"突进大众生活底内层,抓住大众生活底核心"③。只要在为抗战服务这一总的主题之下,"不仅要写现代的题材,也要写古代的题材;不仅要写中国的题材,也要写外国的题材,能否使作品真正为抗战服务,主要决定于作家是否具有"为抗战服务的正确思想"④。

继文学"与抗战无关"论在"题材"方面所引起的争议之后,

---

① 罗荪:《再论"与抗战无关"》,载重庆《国民公报》,1938年12月12日。
② 宋之的:《论抗战八股》,载《抗战文艺》第3卷第2期,1938年12月10日。
③ 以群:《关于抗战文艺活动》,载《文艺阵地》第1卷第2期,1938年5月1日。
④ 郭沫若:《抗战以来的文艺思潮》,载《抗战文艺》文协成立五周年纪念特刊,1943年3月27日。

沈从文、施蛰存又分别从创作主体、抗战文学实绩的评价上把论争进一步引向深入。1939～1942年间,沈从文先后发表《一般与特殊》、《新的文学运动与新的文学观》、《文学运动的重造》等文,把他心目中"一般"的抗日作品,称为"抗战八股"、"宣传文字"和"一团糟",认为只有"远离了'宣传'空气","远离了那些战争的浪漫情绪"的"特殊性的专门家"的工作,才是"社会真正的进步"①;认为"作家被政治看中,作品成为政策工具后",文学就出现"堕落倾向",作家则变成了"趋时讨巧"②的工具。因此,他反对作家与政治发生联系,要发动"文学运动的重造","使文学作品价值,从普通宣传品而变为民族百年立国经典"。③在对抗战文学实绩的总体评价上,施蛰存认为抗战以来文学愈加"贫困"。尽管作品数量不少,"但是如果我们把田间先生式的诗歌和文明戏式的话剧算作抗战文学的收获,纵然数量不少,也还是贫困得可怜的"④。

从梁实秋、沈从文与施蛰存他们三人对创作题材、创作主体、文学成就的要求与评价上可以看出,他们当时都是标准的"艺术至上主义"者。他们中间的任何一个人都不可能反对抗战,他们反对的只是借"文学"的名义。抗战自可以拿枪、拿刀,但却不能用文学,因为抗战是暂时的,而文学是永恒的。他们是把艺术"变成了一个绝对的东西,抽象的东西,绳之四海皆准,通万古儿不变"⑤。如果说一个作家处在和平安泰的时代而抱有某种程度上的"至上"观念并非无益的话,那么,当国家民

---

① 沈从文:《一般与特殊》,载《今日评论》第1卷第4期,1939年1月22日。
② 沈从文:《新的文学运动与新的文学观》,载《战国策》第3期,1940年5月1日。
③ 沈从文:《文学运动的重造》,载《文艺先锋》第1卷第3期,1942年10月25日。
④ 施蛰存:《文学之贫困》,载《文艺先锋》第1卷第3期,1942年10月。
⑤ 张天翼:《论"无关"抗战的题材》,载《文学月报》第1卷第6期,1940年6月15日。

族的生存都成问题时还高谈什么文学之"纯"肯定是消极、失当的。抗战前期,梁实秋等人的文学主张是资产阶级自由主义思想在文学领域的反映。它们作为一种思潮在整个抗战文学运动中从未消失过,不时还会改头换面浮现出来。

除了上述的文学"与抗战无关"论、"反对作家从政"论和"文学贫困"论外,还有不少其他名目。如朱光潜,即使在汹涌澎湃的抗日大潮下依然持守着"冷静超脱"的文学态度,推崇"静穆和平"的美学理想等。文艺界同他们的论争,实际上是上一时期无产阶级革命文学和它影响下的进步文艺同资产阶级文艺在思想理论领域内斗争的继续,是抗战建国时代背景下的深入。论争的双方依然围绕着文艺与政治的关系这个轴心,是20世纪20年代"为人生而艺术"和"为艺术而艺术"、20世纪30年代艺术是"阶级斗争的工具"论和"艺术至上"论等分歧在新的历史舞台上的继续与发展。梁实秋等人强调文艺的本体性,虽有一定的合理内容,但他们将文艺的本体性抽象化、凝固化、孤立化,进而加以无限鼓吹,丢弃了文学的时代精神,销蚀了作家对社会的责任感,表现出资产阶级自由主义的文学立场。他们信奉文学的超时代性质,客观上有害于抗战文艺的健康发展,模糊了它的基本方向,必然会受到广大爱国进步作家的批评与批判。

张天翼是站在历史的高度来看待和认识这次论争的。他认为,梁实秋、沈从文等人的论调究其实质与本源,是一批二三十年代已经形成的资产阶级自由主义作家的"艺术至上"的文学观作祟,"他们把艺术从世界上所有活生生的联带一起割断,从一切时代里硬挖出来,把它超出任何历史和任何人群……这真是道地十足的'差不多',而又兼'八股'——但决非'抗战'的"[①]。巴人在《展开文艺领域中反个人主义斗争》一文中,逐一

---

① 张天翼:《论"无关"抗战的题材》,载《文学月报》第1卷第6期,1940年6月15日。

批驳了梁实秋、朱光潜、陶亢德、沈从文等人的观点和论调,一针见血地指出这些人的言论的谬误所在:

> 理论脱离了实践,或强调理论的功能,而忘却实践是理论的源泉,那在其终极的意义上,是阻止这世界的动的向前推进。医生即使读尽了天下的医书,知道药石的应用,但他从没有诊断过一个病人,他将会成为一个杀人的庸医。而我们今天特殊地向作家提出"特殊"的要求,也无非要造成一批误国的文人!①

事实上,文艺与抗战的政治斗争联系,作家描写抗日的现实生活,是时代赋予的严肃使命,是文艺创作责无旁贷的任务。不过文艺必须运用其自身的特征为抗战服务,作品要避免公式化、概念化,不成为"抗战八股",除了作家必须要进一步深入生活外,还得重视艺术特点和规律,真正使抗战文艺在形态上区别于一般的抗战宣传,成为名副其实的抗战文艺。这也是抗战前期在文艺创作上被多数作家所忽视的。

三、民族认同前提下的民主与专制的斗争

抗战文学并非只是一种文学文本形式,它同历史上存在过的所有重大文学现象一样,都是作家们独特的生活感受与精神的载体;是一切不愿作亡国奴的中国知识分子(作家)在战争岁月里对于战争、社会、人生的独特感受与体验的"物化"体现,饱含着他们对于国家求得独立、人民求得解放、民族求得复兴所作出的种种想象与思考。它既是一种认知方式也是一种参与方式,其间流贯的是民族、民主解放意识这一精神脉系。抗战进入相持阶段后,中国广大的知识分子(作家)在思想情绪上由

---

① 巴人:《展开文艺领域中反个人主义斗争》,载《文艺阵地》第3卷第1期,1939年4月16日。

抗战之初的亢奋转入到相持后的沉思,由开始时的热情奔放转入到当下的静观默察。在调整文学与民族战争的关系中,视野和笔触开始向生活的纵深处突进。在思想内容上体现为外抗强敌、内争民主、反对专制、追求自由的现实斗争,他们在尽着历史时代赋予它的特殊任务的同时,也使文学自身在这一奉献过程中得到了发展与提升。

抗战爆发后,国民政府在"战时需要"、"齐一思想"的借口下,也加强了抗战思想文化上的统治。国民政府有关部门认为:抗战以来各方刊物盛极一时,其中不乏"言论幼稚、主张怪诞者",且大多在"对日抗战一词掩护下",或则"抨击政府",或则"原诬本党","破坏民族之阵线","影响抗战之前途","倘令蔓延,不加纠正,尤足使一般青年政治斗争之意识超于民族斗争的意识之上"。为此,多次呼吁"行动应宜统一,理论尤贵一致"。①

在《国民精神动员总纲领》中,国民党认为"抗战以来,全国之思想与言论,在根本上虽已形成统一,而枝叶上纷歧,仍所在多有,若任其杂然并存,势必导民志于纷歧,贻战事以不利",重申对国民"精神之改造"的重要与必要。② 国民党"中央"机关刊物也曾发表文章,大造舆论,极力贬低民众的民主运动的价值,认为当时仍然是"胜利第一,民主第二",当时,人民要做的就是"把自己运用精神的权力交给最高领袖","接受最高领袖的精神支配","把我们的精神寄托在民族国家之上,就是寄托在三民主义的信仰和总裁的服从上"。要求国民"处处遵守抗战建国纲领,时时不忘国家至上民族至上"。③

---

① 《统一革命理论肃清政治斗争之意识案》(1938 年 3 月 31 日),见《中国国民党历次会议宣言决议案汇编》(第 2 册),杭州:浙江省中共党史学会,2000 年,第 349~350 页。
② 《国民精神动员总纲领》(1939 年 3 月 12 日),见章伯锋、庄建平主编《抗日战争》第 3 卷,成都:四川大学出版社,1997 年,第 151 页。
③ 蒋介石:《黾勉新闻界战士》(1940 年 3 月 3 日),张其昀主编《先总统蒋公全集》第 2 册,台北中国文化大学出版部,1984 年,第 1421 页。

思想禁锢、舆论钳制、领袖独裁,是国民党及其政府实行专制政治的必然选择与迫切要求,而这种选择和要求又总是披着民族的外衣,打着为"抗战"服务的旗号来进行的。在文化(文学)领域,国民党及其政府又以创造"三民主义"的"民族文艺"为中心,规定作家的写作对象:"一是统治阶级,二是资本阶级,三是地主阶级",并要求作家不得描写"社会的黑暗"及写作"挑拨阶级的仇恨"的作品。国民党政府还动员其舆论工具,大肆鼓吹这一政策必须作为"全国文艺家创作的指南针",一切作家都必须"站在三民主义的立场而写作",①否则将加以取缔。

1942年9月,国民党五届十一中全会还通过了《文化运动纲领》,此后还连续公布《书店印刷店管理规则》、《修正图书杂志剧本送审须知》、《出版品审查法规与禁载标准》等一系列规章条例,具体落实文化专制主义的行政措施。他们还派出特务,对进步作家进行跟踪、盯梢。在白色恐怖下,进步文艺工作者随时都有被关进集中营的可能。他们还推行蛮横的图书"审查",剥夺作家的创作自由,任意删改、扣压进步文艺作品。仅从1942年4月至1943年10月,被强令禁止上演的进步剧作,就有116种之多。② 比如郭沫若的历史剧《高渐离》就曾不准上演,历史剧《屈原》被"图书杂志审查委员会"列为应作"修改"的剧本,夏衍《法西斯细菌》连剧名也遭到非议。

针对国民党上述反动文艺政策,进步文艺界展开了针锋相对的斗争,纷纷撰文予以揭露与鞭挞。有人曾把国民党明文规定不许暴露的文艺政策斥之为"鸵鸟"的行径。认为"不正视现实的黑暗",其结果"自身固终不免黑漆一团,却先置文艺于死境"。1943年3月,郭沫若在《新文艺的使命》一文中指出,新文艺反帝反封建的斗争方向,抗日反法西斯的斗争方向,"绝不

---

① 《文化先锋》第1卷第12期《文艺政策讨论特辑》,1942年11月。
② 江沛、纪亚光:《毁灭的种子——国民政府时期意志管制分析》,西安:陕西人民教育出版社,2000年,第191页。

是少数人的倒行逆施的本领所能改移"。他列举了大量事实，对国民党反动统治当局所推行的文艺政策进行了无情的抨击。以群以"杨华"的笔名连续撰文，严正指出"以政治的权力从外面去限制作家写作，固然得不到好结果，而作家在自己底作品之中表现政治见解，却是当然也是必然的"①。《新华日报》还及时发表社论，针对国民党所推行的文化专制主义提出了建设"反法西斯主义的自由民主的文化"的主张。②

1944年6月，在桂林成立了"桂林文化界抗战工作协会"主张动员民众，坚持抗战，同日本军国主义侵略者周旋到底。昆明的李公朴、闻一多等爱国人士在他们主办的《自由论坛》上，发出了"我们需要什么？第一，是自由！第二，是自由！第三，仍是自由"的呼声。同年9月，昆明文艺界人士还举行"文艺的民主问题的座谈会"，讨论了"民主运动的新时期和文艺运动的新发展"。1945年2月，由郭沫若起草的《文化界时局进言》，强烈要求实现民主，废除种种审查制度，强调让人民享有言论、出版、演出的自由。372位包括当时国内最有名望的作家、艺术家及其他文化界人士签了名。这个行动震动了国内外，使国民党当权者感到震悚、胆寒。不久，重庆文化界在10月份纪念鲁迅逝世8周年的活动中，在庆祝茅盾50岁生辰的活动中，都贯穿着争取民主，反对国民党文化专制主义文艺政策的重要内容。

在反对文化专制主义、争取民主自由的强大的人民群众运动的冲击下，国民党统治集团一方面不得不抛出"改善出版检查制度、局部废止事前检查"的议案，另一方面，则更加紧推行专制主义的各项政策与措施。1945年4月，国民党政府公然解散了由郭沫若领导的"文化工作委员会"。同年10月，又以"指责政府，暴露黑暗"为由，密令禁止演出与出版茅盾的《清明

---

① 杨华：《文学底商业性和政治性》，载《新华日报》，1943年2月17日。
② 《文化建设的先决问题》，载《新华日报》，1943年11月11日。

前后》。受国民党中宣部控制的舆论工具《文化先锋》、《文艺先锋》更连篇累牍地鼓噪他们所奉行的反动文艺政策。1947年7月,国民党政府通过了所谓"国家总动员案",随即下达了所谓"戡乱动员令",使一切逮捕、监禁和屠杀进步力量的暴行,借"戡乱"之名而合法化。于是,国民党政府在抗战以来所奉行的文化专制主义文艺政策,这时又贴上"文化戡乱"的标签。

面对严重的白色恐怖,国统区广大进步文艺工作者不畏强暴,一方面继续参加民主运动,另一方面,以笔为旗,通过各种方式与国民党统治集团展开不屈不挠的斗争。从1938年起,在国统区展开的关于是否应该暴露黑暗问题的论争,以及从20世纪40年起开展的对"战国策"派文艺思想的斗争,就是广大进步文艺工作者进行民主斗争的方式之一。这两次论争在性质上不同于抗战前期与资产阶级自由主义文艺倾向的辩论,它们是国统区的进步文艺工作者为争取抗战胜利前途与国民党统治者及其迎合其反动政策的文人们所进行的针锋相对的斗争。

茅盾在抗战初期就曾指出:"抗战的现实是光明与黑暗的交错——一方面有血淋淋的英勇的斗争,同时另一方面又有荒淫无耻,自私卑劣。"因此,我们不仅"要表现新时代曙光的典型人物,也要暴露正在那里作最后挣扎的旧时代的渣滓"。① 强调在当前文学创作上仍然需要暴露与讽刺的作品。而这一问题因张天翼暴露国民党官吏假"抗日"的小说——《华威先生》,被日本报刊翻译过去,进一步引起了文艺界的关注。在《抗战文艺》、《文艺阵地》、《七月》、《文艺月刊》以及桂林、昆明、香港等地的报刊上,他们纷纷发表文章展开讨论。进步文艺界的大部分意见认为:《华威先生》所代表的暴露黑暗的创作倾向是现实生活的真实反映,与抗日民族统一战线原则并不抵触,不会造

---

① 茅盾:《八月的感想》,载《文艺阵地》第1卷第9期,1938年8月16日。

成消极影响;同时主张暴露黑暗的作品,不仅要针砭现实社会的阴暗面,而且还要深入揭示其产生的社会根源。另一种意见,特别是其中与国民党有关的报刊上的文章则认为:暴露黑暗会引起抗日民族统一战线内部的磨擦,帮助了敌人,而且"足以引起一般人的失望、悲观、灰心丧气","于抗战有害"。① 这两种意见反映了对待暴露黑暗问题的截然不同的态度。后者是对《华威先生》为代表的、在国统区文学创作中逐渐出现的暴露黑暗倾向的抵制,客观上在帮国民党"官方"遮丑。

"皖南事变"之后,随着国统区黑暗统治的变本加厉,国民党反动派对于暴露黑暗的文学创作,进一步采取限制与查禁等法西斯的手段。他们公开提出文学创作的"六不政策"中,第一条就是"不专写社会的黑暗"②。所以说,暴露黑暗问题的论争不仅使进步文艺界更加明确了国统区文学创作的方向和任务,而且也使创作的时代烙印更加鲜明。因此,暴露讽刺性的作品不是逐渐减少,而是越来越多,质量也较前有所提高。如欧阳予倩的《忠王李秀成》,郭沫若的《屈原》、《虎符》、《棠棣之花》、《高渐离》,陈白尘的《结婚进行曲》、《升官图》,宋之的的《群猴》,吴祖光的《捉鬼传》、《嫦娥奔月》,阳翰笙的《草莽英雄》、《两面人》等剧作;茅盾的《腐蚀》,沙汀的《淘金记》、《选灾》,钱钟书的《围城》等小说;袁水拍的《马凡陀的山歌》、臧克家的《宝贝儿》、杜运燮的《追赶时间的人》等诗歌,都是这一时期揭露和讽刺国统区黑暗现实的优秀之作。

抵制和批判国民党反动统治集团所奉行的文化专制主义的文艺政策,鞭挞其扼杀、摧残进步文艺运动,迫害文艺工作者的种种暴行,其意义与收获当然首先在于政治上的交锋与博弈,然而在文学思想领域也并非毫无建树可言。比如通过在国

---

① 何容:《关于暴露黑暗》,《文艺月刊》第 3 卷第 7 期,1939 年 7 月 16 日。
② 张道藩:《我们所需要的文艺政策》,载《文化先锋》创刊号,1942 年 9 月 1 日。

统区争取民主、自由的群众性斗争,对于创作自由问题又较之20世纪30年代在认识上有所深化,对于文学创作上民族与民主主题的形成与发展都起到了一定的促进作用。文学,也因再一次与民主运动的血肉联系而获得了新的活力。文学的主题与题材在沿着前一时期的开拓上继续发展,并且逐步向两个领域集中:一是对"黑暗的诅咒与对腐朽的现实政治的否定",一是知识分子在新时代到来之前的"自我内省"与"历史总结"。①

第三节 民族民主斗争主题的拓展与变奏

抗日战争是中国唯一直接卷入的壁垒分明的世界性战争。以全民抗战形式参与大战的中华民族在浴血抵御侵略者的同时,也浴火重建了自己民族的新文学。如果说民族性和世界性之间的互动构成了20世纪中国文学的基本进程,那么,20世纪40年代是"五四"后诞生的新文学在民族和民主主题的表现上呈现成熟形态的时期。战争环境所提供的民族与民主性的多个层面的存在,是20世纪40年代文学民族与民主主题得到深入开掘的重要原因。而文学的民族与民主主题的开掘,又和战争的历史进程及战时形成的不同地域的政治文化背景密切相关,因此,在20世纪40年代不同的历史时空中,民族与民主斗争的主题内容不仅以不同的书写形式和形态特征呈现出多向度、多层面的拓展,而且还呈现出"变奏"趋向,这一趋向在抗日根据地(解放区)尤为明显。

一、独特的个体生命体验书写

战争引发的民族、民主意识和"五四"以来某些"世界性"思想视野之间的冲突与协调,拓展了民族性文化实践的领域。战

---

① 钱理群、温儒敏、吴福辉:《中国现代文学三十年》,北京:北京大学出版社,1998年,第451页。

时的中国文学除了以战争浪漫主义、战争理想主义的与主流意识形态相一致的宏大历史叙事之外,还有很多真实地抒写着那些对战争有着独特的个体生命体验,真切独异地呈现出具体生命个体在非常态的生活环境中辗转、挣扎乃至消亡的生存状态的作品。仅以短篇小说为例,就有毕基初的《青龙剑》、《岚中青草》,萧红的《后花园》,卞之琳的《海与泡沫》,谭正璧的《舍身堂》,沈寂的《敲梆梆的人》、《鬼》,郭朋的《盐巴客》,梅娘的《侏儒》、《蟹》,袁犀的《邻三人》、《暗春》,关永吉的《风网船》,秋萤的《失群者》、《陋巷》,小松的《部落民》,爵青的《荡儿》、《溃走》,疑迟的《雪岭之祭》,谢冰莹的《夜半的哭声》,徐盈的《黑货》,张恂子的《铁窗红泪》,山丁的《伸到天边去的大地》,李白凤的《马和放马的人》,沈家洵的《金钱豹》等一系列作品。透视这些被以往文学史忽视或遮蔽了的小说,我们可以窥见,它们均或显或隐地摄取了战争环境下国人具体可感的生存状态和鲜活的性格特征。也正是许多类似于此的文艺作品的存在,才使得人们不管多久以后都能记起这场战争对中华民族造成的物质上的巨大损失和精神上的严重戕害。同时,也引发了人们对国民性的深刻认识和深入思考。①

其次,在抗战期间,不同政治派别和军事力量对峙所形成的地域空隙和不同的政治文化环境,也为知识分子(作家)的人生抉择和角色转换提供了较大的空间。在敌后根据地,像赵树理那样,努力在党的文艺政策的实践和农村民间文化资源的发掘两者之间协调、平衡的;在国统区,像夏衍那样,在艺术探索的不断转移中,拓展着一个"左翼"作家的人生关照领域的;在沦陷区,像毕基初那样,在誓死抗争的强悍民风的直接呼喊中,固守坚贞不渝的民族情操的,都不乏其人。然而,如果我们梳理一下包括沈从文、钱钟书、张爱玲、师陀、冯至、鹿桥、无名氏、

---

① 黄万华:《中国和海外:20世纪汉语文学史论》,天津:百花文艺出版社,2006年,第95页。

废名、杨绛、吴兴华,乃至萧红等人在内的战时文学观及其创作情况就会发现,在他们的创作中,尽管他们未能直接扮演战时主流意识形态赋予的角色,但他们却用战时的个体人生体验和生命意识真正体现了民众的生命价值。①

另外,在抗战的广阔背景下,还有一部分真实书写知识分子独特个体生命体验的作品。在作品中,他们大多把主人公置于严酷的战争环境下加以表现,着力描写爱国知识分子的苦难历程,充分挖掘知识分子幽微的内心世界,积极探讨知识分子的历史道路,出现了现代文学史上又一个知识分子题材作品的创作高潮,产生了小说《财主的儿女们》(路翎,1945)、《困兽记》(沙汀,1945)、《引力》(李广田,1946)、《春寒》(夏衍,1941);戏剧《法西斯细菌》(夏衍,1942)、《雾重庆》(宋之的,1940)、《岁寒图》(陈白尘,1945)、《万世师表》(袁俊,1944)、《长夜行》(于伶,1942)、《少年游》(吴祖光,1945)、《祖国在呼唤》(宋之的,1943);长诗《火把》(艾青,1940)等代表作。这不仅仅是个人的,更是民族的、时代的,是抛掉廉价乐观之后的清醒,是对战争前途、民族命运的忧虑。具体来说,则又包含着对于战争中暴露出来的中国社会痼疾的正视与思考,这种独特的富于个性的生命体验与书写,本质上反映出一个国家国民的民族民主精神的觉醒。

二、现实社会人生的剖析与传统文化的反省

当抗战进入相持阶段,特别是"皖南事变"以后,国内政治局势急剧逆转,使得社会心理、时代气氛和民众情绪也为之一变。抗战初期,昂奋的民族情绪和社会心理慢慢沉静下来,人们开始正视战争的残酷性和取得胜利的艰巨性,正视由于战争而沉渣泛起的各种封建文化的积垢与现实中的腐败,以及一切

---

① 黄万华:《中国和海外:20世纪汉语文学史论》,天津:百花文艺出版社,2006年,第96页。

阻碍民族抗战,阻碍民主自由的不良现象;认识到不进行根本的社会制度的变革,人的改造,中华民族不会获得新生。出于一种对民族命运、国家前途的责任感和使命感,知识分子(作家)开始重新认识我们的民族,重新认识我们的民族文化,并为民族的未来寻找新的出路。这意味着在作家的观察和描述的视野中,"民族命运"仍然处于前景位置,但"社会人生"、"传统文化"从以前不被注目的后景成为前景中不可或缺的部分。

首先,它表现在知识分子(作家)在描写硝烟弥漫战争场景而凸显中国军民的民族意识与民族精神的同时,根据各自不同的社会人生感受与理解,创作出不同层次、不同品位的社会剖析文学作品。如茅盾的小说《腐蚀》就是以主人公赵惠明的特务生涯及其不甘沦落的心灵为窗口,来窥视和揭露重庆陪都特务机关内幕,及其腐蚀青年男女精神与肉体的种种丑行。并借此对"皖南事变"前后重庆陪都存在的社会与政治危机作出深切剖析,引导读者思考关系全民生存及命运的重大问题:抗战期间,中国国民政府和中国社会性质是否发生改变?中国国民政府推行的抗战路线会给民族解放战争带来什么影响?与茅盾不避锋芒直接剖析重庆陪都社会的小说《腐蚀》有异曲同工之妙的还有老舍的剧作《残雾》。这部四幕剧生动形象地再现了国民政府的一些大小官员因贪婪、好色而堕入汉奸的歧途,敞露的是陪都官场令人发指的怪异现象。像《腐蚀》与《残雾》这样直刺国民政府弊害的作品为数不多,而比较多的是间接的转弯抹角的批判与嘲讽。郭沫若的《屈原》和张恨水的《八十一梦》便是这类作品的代表。而驻足于香港的抗战文学作家,在描述各自所经历过的苦难社会人生的同时,也瞩目于香港现实社会人生动向。尤其是香港本土青年作家付不畏以他犀利的笔锋直刺香港上层社会。他的小说《一片爱国心》将"有了钱血都变冷了"的部分绅士推向前台,加以曝光,予以讥讽。

其次是抗日民主根据地的一些作家,他们在描述"解放区的天是明朗的天"的同时,也把笔触伸进了明朗天空的阴云处,写出了颇具震撼力的作品。丁玲的《我在霞村的时候》、《在医院中》和赵树理的《李有才板话》、《孟祥英翻身》等小说,映现出了抗日民主根据地广大民众背负着的沉重精神负担以及思想意识"翻身"的艰难曲折。另外,在沦陷区生活的张爱玲、苏青、袁犀、梅娘,以及生活于台湾的吴浊流、吕赫若等作家,面对"冻土地带"的社会人生境遇,诉说着"生的苦闷",探寻着人生新的出路。《金锁记》、《结婚十年》、《贝壳》、《侏儒》、《亚细亚的孤儿》、《月夜》等作品,倾诉了荒漠化的情感与苦难,喊出了中国人在那个特殊际遇里最真实的呼声。

部分知识分子(作家)还把目光投向了民族的传统文化,进行着深刻的文化反省。他们或以史为鉴,为中华民族的新生和民族传统文化的复兴寻找新的出路;或借古讽今,充分发掘历史文化在民族抗战中的积极作用。巴金继"激流三部曲"反省和消解中国传统家庭文化中的"孝悌"之后,在重庆创作出的《寒夜》,继续反省和消解这一文化因素。老舍认为,抗战给中国传统文化照了 X 光,使我们认识了固有文化的力量,也看见了固有文化的问题所在。他从社会人生的实际感受与体验中得到的这一认识化为了《四世同堂》和《大地龙蛇》等作品的主题。《四世同堂》中的祁家,因为坚守着中国传统文化所形成的亲和力与凝聚力,才使得这个四世同堂的大家庭在外力一次次打击下而未能解体,隐喻着中华民族也因这一传统文化因素而断然不会被日本帝国主义所征服。同时,老舍在这两部作品中也对中国传统文化暴露出的"问题"做了形象的演绎,表明守"气节"、讲"面子"的传统文化因素,在中华民族生死存亡的境遇里,显得多么的苍白无力,只有消解这一传统文化因素,才能走出困境,才能规避被动挨打的窘迫局面。曹禺的《北京人》更是深刻地回答了处在民族危急关头,我们如何走出精神的文化围墙,求得重生的问题。这些深层次的文化反省,触及了近百年来中国社会人生贫弱的文化根源所在,这在当时乃至今天都有着重要的价值和意义。此外,郭沫若的《棠棣之花》《屈原》、《虎符》,阳翰笙的《天国春秋》《李秀成之死》,欧阳予倩的《桃花扇》《忠王李秀成》,陈白尘的《翼王石达开》等剧作,皆围绕当时的民族战争有感而发,把历史人物和历史故事的现实意义充分揭示出来,激励和告诫国人要坚贞不屈、全力抗敌、团结对外、共同御侮,不要重蹈历史的覆辙。这些作品在抗战处于胶着状态、统一战线内部出现裂痕的当时,既含有借古喻今之意,同时也有着代民众抒愤懑的力量。

三、文学抗战主题的分化与变奏

在20世纪40年代,当民族斗争的主题内容以不同的书写形式和形态特征呈现出多向度、多层面拓展的同时,另一方面,也意味着文学抗战主题的分化和文坛统一战线的罅隙。在国统区,"七月派"的存在,昭示了"左翼"内部的差异与分化;《清明前后》与《芳草天涯》的论争,开启了重庆"左翼"文学界的内部整肃;而"战国策派"的异军突起,及"左翼"文学界对其发动的猛烈批评,直至最后转化为"左翼"阵营与国民政府的政治斗争。

"七月派"的名称来自胡风独自创办的文学周刊《七月》,1937年9月创刊,1941年9月停刊,4年里共计出版32期。"七月派"小说、诗歌、理论并重,理论的阐述与流派的创作,二者之间的互动关系被发挥到极致。在诗歌创作方面,"努力把诗和人联系起来,把诗所体现的美学上的斗争和人的社会职责和战斗任务联系起来,以及因此而来的对于中国自由诗传统(主要是'五四'和"左翼"的传统,笔者注)的肯定与继承"[①],在创作原则和方法上,提倡以"主观战斗精神"为核心的现实主

---

① 见绿原、牛汉编《白色花·序》,《白色花》,北京:人民文学出版社,1981年,第2页。

义;在小说创作上,也呈现出与以往革命现实主义的不同:一是在抗战救国、救亡图存的时代主题下并不忘记"启蒙",而是将民族解放与"五四"没有完成的个性解放统一起来;二是在对时代的概括与人物的描写上,遵循以"主观战斗精神"为核心的现实主义创作原则和方法,主张用作者的激情去"拥抱"、"肉搏"历史的和现实的内容。"七月派"的写作既置身于"左翼"主流传统,又自觉不自觉地试图纠正"左翼"主流的偏向,在服膺和背离中显示了"左翼"内部的分化与差异,直至最后发展到意识形态斗争。

与"七月派"不同的是,"战国策派"及其代表人物陈铨、雷海宗、林同济等,他们因有大致相似的学术、思想背景,特别是基于共同的对"民族精神"的理解和"力"之崇拜,于是因缘际会,走到一起。他们利用昆明、重庆两个战时文化中心的几个重要媒体,如《大公报》、《今日评论》、《民族文学》、《战国策》等,宣传自己匡时救世的思想。他们根据斯宾格勒和汤恩比的研究成果,又借鉴了维柯的历史循环论,通过对中西历史发展演变的分析,认为:当时的世界处于人类历史的列国阶段,中国正处于大一统阶段的末期,由于长期处于高度皇权集中的大一统情况下,形成了官僚体制下的"皇权毒"、"文人毒"、"宗法毒"和"钱神毒"4种毒质,由此造成人心涣散的慵懒风气,特别在外敌入侵的时候,这种社会弊端暴露得更为明显。针对这种情况,"战国策派"借鉴尼采的意志哲学,提出"权力意志"和"英雄崇拜",推崇"国家至上"、"民族至上"观念,反对"民治主义"。[①]在政治上,"战国策派"鼓吹强权政治,歌颂德国法西斯的独裁统治;在文学上,他们力图表现恐怖的特务文学和表现狂欢的色情文学。也因此"战国策派"的言论,在抗战时期被看成是"反动的法西斯主义思想逆流",遭到文艺思想界,特别是"左

---

① 陈铨:《德国民族的性格和思想》,载《战国策》第6期,1940年6月25日。

翼"文学界的声讨。汉夫、欧阳凡海、戈茅等人纷纷撰写批评文章,揭示"战国策派"的言论实质"是一派法西斯主义的,反民主的,为虎作伥与虎谋皮的谬论"①,若剥掉其五花八门的外衣,"它真正的灵魂还是尼采的超人主义。无论独及的'虔恪'、'自由乱创造',还是陈铨的'英雄崇拜'与'天才'学说,其实都是尼采的超人论在中国的重复"②。批评者也衷心希望"战国策派"能在民族危亡之际,"以国家民族为重,以民族独立民主自由为重,勿再抛开正义,无原则的惑于力的世界,力的文化,争于力的谬见,而以其宝贵的精力,全部贡献于抗战建国"③。

在"战国策派"诸人中,陈铨作为一个文学家,他也意识到文学运动与民族运动之间的深刻联系,认识到文学在建构民族观念方面的独特作用。在民族文学理论研究与创作实践上,陈铨写过不少作品,如论文《民族文学运动》和《民族文学运动的意义》,剧本《野玫瑰》、《金指环》、《蓝蝴蝶》、《无情女》,长篇小说《狂飙》等。其中《野玫瑰》一剧为陈铨获得了前所未有的声誉,1942年4月,还获得国民政府教育部颁发的年度学术奖(三等奖)。可是当年得奖的《野玫瑰》却遭到了来自"左翼"的猛烈的抨击,"糖衣毒药"、"炮制汉奸理论"等帽子都不期而至。《野玫瑰》的风波看似偶然,其实正透出国共两党对意识形态控制权的争夺,而陈铨就这样身不由己地卷入了名为文艺、实为政治的纠葛中。这些内在的矛盾与外在的分歧,以及出离于文学范畴的纷争,昭示着抗日统一战线文学已不复存在。

---

① 汉夫:《"战国"派的法西斯主义实质》,载《群众》第7卷第1期,1942年1月25日。
② 欧阳凡海:《什么是"战国"派的文艺》,载《群众》第7卷第7期,1942年4月15日。
③ 汉夫:《"战国"派的法西斯主义实质》,载《群众》第7卷第1期,1942年1月25日。

四、阶级翻身意识凸现与新的主题规范要求

在抗战初期,中国文坛上文学意识形态和审美倾向上的矛盾已处于次要的地位,一切服从于抗战的要求,反映民族与民主斗争的文学创作已成为时代的大潮。然而,随着战争进程的深入,国共两党在政治上建立的抗日统一战线开始出现裂隙,"皖南事变"就是一个公开的信号。战时国共两党这种政治上的矛盾激化势必影响到文学意识形态的变化,尤其是在抗日民主根据地这样一个政治、军事、经济、文化等相对独立的区域。有两件文事可以看出在抗战后期根据地文艺发展方向的改变,即阶级意识的迅速强化和民族民主斗争的主题迅速向阶级斗争主题的转化。其一是延安文艺整风运动。它标志着在毛泽东文艺思想的指引下,根据地文艺工作者思想情感改造和阶级立场转变的真正开始(下文对此有所阐述,这里不作展开)。其二是《逼上梁山》与《白毛女》两剧的创编。

《逼上梁山》是京剧传统剧目,经中共中央党校俱乐部改编后公演,深得毛泽东赏识。他亲笔致信给编导杨绍萱、齐燕铭说:

> 看了你们的戏,你们做了很好的工作,我向你们致谢,并请代向演员同志们致谢!历史是人民创造的,但在旧戏舞台上(在一切离开人民的旧文学旧艺术上)人民却成了渣滓,由老爷太太少爷小姐们统治着舞台,这种历史的颠倒,现在由你们再颠倒过来,恢复了历史的面目,从此旧剧开了新生面,所以值得庆贺。郭沫若在历史话剧方面做了很好的工作,你们则在旧剧方面做了此种工作,你们这个开端将是旧剧革命的划时期的开端,我想到这一点就十分高兴,希望你们多编多演,蔚成风气,推向

全国去。①

显然,毛泽东看重的是"文艺为工农兵服务"的方向,是剧作改编本身所带有的明确的意识形态目的。

由贺敬之、丁毅执笔的新歌剧《白毛女》的演出,当时在延安反响很大。由于人们对该剧主题思想的认识很不一致,所以也引起了不少纷争。据张庚回忆,"当时在墙报上就出现过文章,攻击《白毛女》,说它是破坏统一战线的戏"②。这种批评之所以出现,是因为日本还没有投降,抗战还在继续。可是,毛泽东、周恩来等中共领导人看过这个戏之后,不但给予了高度的评价,还指示修改,增加了枪毙地主黄世仁的结尾。从以上两剧的改编可以看出,在抗战后期的抗日民主根据地,文艺创作中作品主题变化的情况,即民族民主斗争的主题开始向阶级翻身主题的转变。

其实,在此之前,在抗日根据地的文艺创作中阶级翻身主题已显露端倪。马健翎的秦腔小戏《干到底》(1939)和眉户喜剧《十二把镰刀》(1940),其创演的主题就是歌颂工农兵在抗日战争中的先锋模范作用和改天换地的斗争精神。而在抗日根据地的文艺创作中真正实现阶级翻身主题对民族民主斗争主题中心地位的取代要在1942年,即毛泽东《在延安文艺座谈会上的讲话》发表之后,以延安为中心的抗日根据地开始了集中表现新主题和新人物的文艺创作,涌现出一大批较为优秀的作品。其中以《逼上梁山》、《白毛女》、《血泪仇》、《大家喜欢》、《赤叶河》等为代表的戏剧,以《王贵与李香香》、《漳河水》、《赵巧儿》、《王九诉苦》等为代表的诗歌,以《李有才板话》、《暴风骤

---

① 毛泽东:《致杨绍萱、齐燕铭》,载《人民日报》,1982年5月23日。1967年5月25日《人民日报》刊登这封信时,删去了收信人的名字及其中称赞郭沫若的那句话,同时注释说这封信是写给延安平剧院的。到了1982年5月23日重新发表时,才恢复了原件的内容。

② 张庚:《历史就是见证》,载《人民日报》,1977年3月13日。

雨》、《太阳照在桑干河上》等为代表的小说,充分显示着阶级翻身文学主潮的来临。诚然,这种以阶级翻身为主题的文学思潮的形成与发展,并不是全国性的现象,在当时它仅局限于根据地或后来所谓的"解放区"。只是随着抗日战争的结束,人民解放战争的节节胜利,这种思潮才经由根据地逐步向国统区拓展推进,不断扩大了自身的地位与影响力。

1949年7月,第一次文代会的召开是一个标志性的事件,它在后来通常被当作是"当代文学"的起点。在这次会议上,通过对1940年代解放区、国统区的文艺运动和创作实践的总结与检讨,最终把延安文学所代表的文学方向确定为"当代文学"的方向,并对这一性质的文学创作、理论批评、文艺运动的方针政策和展开方式等,制定了规范性纲要与具体细则。其思想理论依据便是毛泽东的《讲话》,理想模式便是延安文艺。尤其是在文学创作的主题选择与规范性要求上,"民族的、阶级的斗争与劳动生产成为了作品中压倒一切的主题,工农兵群众在作品中如在社会中一样取得了真正主人公的地位……知识分子离开人民的斗争,沉溺于自己的小圈子内的生活及个人情感的世界,这样的主题就显得渺小与没有意义了"①。周扬在文代会上的"现身"说法意图非常明确:新中国成立后,在当代文学的创作中,其创作主题的选择与表现应和解放区文学保持一致,不得突破或背离这一规范性要求。这也是周扬代表当时的主流意识形态所做出的原则性要求。

由此可见,民族的、阶级的斗争主题不仅在过去的解放区成为"压倒一切的主题",而且在当代文学的创作中,它也将成为新的原则性要求与"劳动生产"的主题结伴而行,共同完成当代文学创作主题的规范性建构。事实上,此时对"民族的斗争

---

① 周扬:《新的人民的文艺——在中华全国文学艺术工作者代表大会上关于解放区文艺运动的报告》,《中华全国文学艺术工作者代表大会纪念文集》,北京:新华书店,1950年。

主题"的强调,与抗战初期的要求有着本质的区别,其宗旨在表现中国工农大众在中共的英明领导下,在追求民族解放的战争中所表现出的敢于斗争、不怕牺牲、勇于胜利的革命精神和坚强斗志。在作品中,国民党及其政府已站在了人民的对立面,成为逆历史潮流而动,最终被彻底埋葬的蒋家王朝的形象化身。在全国第一次"文代会"后,在这种主题的规范性要求之下,当代文学也产生了一批具有代表性的经典作品。仅以小说为例,就有《铜墙铁壁》(柳青,1951)、《铁道游击队》(知侠,1954)、《保卫延安》(杜鹏程,1954)、《党费》(王愿坚,1954)、《黎明的河边》(峻青,1955)、《小城春秋》(高云览,1956)、《红旗谱》(梁斌,1957)、《红日》(吴强,1957)、《林海雪原》(曲波,1957)、《山乡巨变》(上篇)(周立波,1958)、《烈火金刚》(刘流,1958)、《青春之歌》(杨沫,1958)、《野火春风斗古城》(刘英儒,1958)、《敌后武工队》(冯志,1958)、《西辽河传》(杨天群,1959)、《三家巷》(欧阳山,1959)等。

  从以上列举的新中国成立10周年来的优秀作家作品可以看出,这些以民族的、阶级的斗争为主题的历史叙事,不仅生动形象地再现了20世纪40年代(或更早)中国人民致力于民族解放和阶级翻身运动的历史画卷,而且还通过民族革命战争和阶级斗争的胜利来歌颂中国共产党的胜利,来表现历史的本质的发展。这也是当代文学主流意识形态所规约的言说方式和主题表达形式。这种言说方式和主题表现形式,追根溯源,就是延安文学创作模式在新中国文学创作上的延续与发展。及至朝鲜战争爆发后,在"抗美援朝,保家卫国"的"冷战"语境中,国人的民族意识再度被激起,民族主义情绪又再次高涨。体现在文学创作上是一批以朝鲜战争为题材的,反映前线或后方的广大军民崇高的爱国主义和国际主义精神为主题的作品。如路翎的《初雪》《你的永远忠实的同志》《洼地上的"战役"》,巴金的《生活在英雄们中间》,杨朔的《三千里江山》《鸭绿江南北》、《万古青春》,魏巍的《谁是最可爱的人》,刘白羽的《在朝鲜的第一夜》、《朝鲜在战火中前进》等。

值得注意的是,以上这些以民族和阶级斗争为主题的,标志着新中国成立10周年文学成就的作品,有的却在20世纪60年代遭到了严厉的批评或批判。其中除了少数是因历史的个人积怨或直接的现实政治纷争,大多皆因作品的主题与当代文学主题规范性要求间存在着矛盾和冲突。批评抑或批判,只是一种手段,其根本意图则是通过对这些逸出主题规范之外的作家作品的纠偏,使其后的文学创作在主题的表现上更能符合第一次"文代会"所确立的规范性主题建构,从而真正达到文学为政治或党的现实政策服务的目的,虽说这一主题规范的内涵本身也在不断地调试与变动中。

第二章 文学论争与文学的民族化大众化

在中国现代文学史上,"大众化"和"民族化"问题的讨论,因由阶级意识的萌生、国家政治局势的变化而长期处于显在状态。尤其是在20世纪40年代,文学的"大众化"、"民族化"工作因为契合战时文化心理诉求和民族国家解放意识需要而始终处于论争的支配地位。特别是在抗日民主根据地,文学的"大众化"和"民族化"实践被毛泽东提高到"方向"的原则高度,进而成为一种宰制力量,并伴随着人民解放战争的胜利最终演化为当代文学创作、理论批评以及中共文化政策制定实施应遵循的规范之一,一直影响到新中国成立后的"十七年文学"和"文革文学"。

第一节 "左翼"文学的"化大众"与"大众化"

中国传统知识分子的一个重要人生追求是做"帝王师",直到19世纪末,康有为、梁启超等人还为传统知识分子圆了103天的"帝王师"梦。只是西太后慈禧的宫廷政变,将康、梁的美梦变成了一场充满血腥味的噩梦。不过,这场梦魇却促成了知识分子划时代的转变,即由追求做"帝王师"到追求做"大众师"的转变。此后的中国知识分子便开始了各式各样的"化大众"(即启蒙大众)的努力,同时,为了他们的"化大众"话语能被大众接受,他们又不得不对自身的话语甚至他们自身实施"大众化"的改造。发轫于19世纪20世纪之交的百年中国文学,从一开始便踏上了由"化大众"和"大众化"这对孪生主题共同导引的轨道。

一、"化大众"与"大众化"主题的历史显现

鸦片战争以降,中国近代社会思潮的更迭演变无不与中华民族的救亡图存密切相关。曾国藩、李鸿章、左宗棠、张之洞等人兴起的洋务运动,以图自强求富,挽救民族危机,不料他们坚甲利兵的梦想很快便在甲午战争中灰飞烟灭;康有为、梁启超、谭嗣同、严复等维新派希望通过维新变法,救中国于水火之中,但慈禧太后的宫廷政变使他们的热切希望又化作了西天的云彩;孙中山等革命党人认为推翻帝制、建立民国就可改变落后挨打的被动局面,但袁世凯的窃国,张勋的复辟,直、奉军阀的战争,又使中国陷入了更为混乱的境地……面对这一桩桩悲剧性的事件,进步爱国的知识分子不得不面对历史痛苦反思,不得不在困惑中寻求新的答案。

严复也曾仰天追问:自"海禁大开以还所兴发者亦不少矣",而"不能实收其效者则又何也"?他得出的结论是——中国"民力已㿛,民智已卑,民德已薄,虽有富强之政,莫之能行"。所以,当务之急是"鼓民力"、"开民智"、"新民德",而最关键者是"开民智"。① 这可以说是近代意义上的"化大众"命题的正式提出。但是,这一时期的知识精英们大多在追随康有为、梁启超做"帝王师"的美梦,所以,"开民智"的问题并未引起知识界的高度重视。直到戊戌变法在血泊中草草收兵之后,流亡日本的梁启超痛定思痛,决心"从长计议",将主要精力投入到"开民智"的宣传中,自此,"开民智"这一"化大众"的命题才逐渐引起知识界精英们的广泛关注。

---

① 严复:《原强》修订稿,见《严复集》第1册,北京:中华书局,1986年。

1898年12月,梁启超在日本横滨创办了《清议报》,宣称以"开发民智为主义",并在创刊号上发表了《译印政治小说序》,将小说对大众的影响之力做了充分的强调,同时还援引康有为的话,点出小说在开发民智方面的特殊功用:"仅识字之人,有不读经,无有不读小说者。故'六经'不能教,当以小说教之;正史不能入,当以小说入之;语录不能谕,当以小说谕之;律例不能治,当以小说治之。"①据笔者调查,像梁氏这样将小说的功能提升到无所不能的高度,则是有史以来第一次。为了更充分地发挥小说"开民智"(梁氏后来正式将其定格为"新民")的功能,1902年11月,梁启超又在日本横滨创办了《新小说》月刊。在创刊号上,梁氏发表了其著名的《论小说与群治之关系》一文,该文开篇第一段就直接点明了其利用小说以"新民"的主旨:"欲新一国之民,不可不先新一国之小说。故欲新道德,必新小说;欲新宗教,必新小说;欲新政治,必新小说;欲新风俗,必新小说;欲新学艺,必新小说;乃至欲新人心,欲新人格,必新小说。何以故?小说有不可思议之力支配人道故。"接着,梁氏具体论述了小说的诸种社会作用,并阐释了小说的四种力:熏、浸、刺、提。文末则进一步断言:"故今日欲改良群治,必自小说界革命始;欲新民,必自新小说始。"②

随着梁启超等人的振臂一呼,许多科举路断、报国无门的知识分子一起将目光转向小说这一"希望之舟",他们放下士大夫的架子,竞相著译小说,小说遂呈一时之盛。在这种特殊的历史语境中孕育和萌发的20世纪中国小说,从一开始就肩负起了以"新民"为核心的各式各样的社会历史使命。

梁启超等维新派在倡导文学内容上的"化大众",即发挥其

---

① 转引自《中国近代文学大系·文学理论集》(二),上海:上海书店,1995年,第302~303页。
② 转引自《中国近代文学大系·文学理论集》(二),上海:上海书店,1995年,第303页。

"新民"的社会功用的同时,为了使"新民"的内容能顺利"化"入大众之中,从而达到更好地"化大众"的目的,他们也同时在文学形式上进行了切实的"大众化"的努力。

在语言实践中,梁启超首创的散文"新文体"的出现,初显了在文学形式上的"大众化"的实绩。1896年至1897年梁启超任《时务报》主笔时,其"新文体"已具雏形,流亡日本后,在各式报章上力倡"文界革命",其"新文体"创作也愈显通俗晓畅,在文坛颇具影响力。在当时的诸多报纸杂志上,"新文体"曾风行一时,文坛风气也为之一变,其间,梁启超功不可没。

事实上,最早从理论和创作层面为文艺"大众化"鸣锣开道的是黄遵宪。1861年,其借助诗作《杂感》就明确提出了文艺"大众化"的诗学主张:"……我手写吾口,古岂能拘牵!即今流俗语,我若登简编;五千年后人,惊为古斓斑。"诗句中的"我手写吾口,古岂能拘牵",实际上就是劝诫今人切勿在文学创作上泥古不化,最好能达到"言文合一",这应是倡导"白话"的先声;而"流俗语"问题的提出,则更是一种诗歌语言"大众化"的变向倡议。

继黄遵宪之后,裘廷梁于1898年8月推出了堪称提倡白话文的纲领性文章——《论白话为维新之本》。由于当时戊戌变法正处于高潮中,所以裘氏该文从"维新之本"的角度立论,在批判了文言的诸多弊害之后,列举出了白话的8大益处:

> 日省日力:读文言日尽一卷者,白话可十之,少亦五之三之,博极群书,夫人而能。二曰除骄气:文人陋习,尊己轻人,流毒天下,夺其所恃,人人气沮,必将进实求学。三曰免枉读:善读书者,略糟粕而取菁英;不善读书者,昧菁英而矜糟粕。买椟还珠,虽多奚益?改用白话,决无此病。四曰保圣教:《学》、《庸》、《论》、《孟》,皆二千年来古书,语简理丰,非卓识高才,未易领悟。译以白话,间附今义,

发明精奥,庶人人知圣教之大略。五曰便幼学:一切学堂功课书,皆用白话编辑,逐日讲解,积三四年之力,必能通知中外古今及环球各种学问之崖略,视今日魁儒耆宿,殆将过之。六曰练心力:华人读书,偏重记性。今用白话,不恃熟读,而恃精思,脑力愈浚愈灵,奇异之才,将必迭出,为天下用。七曰少弃才:圆头方趾,才性不齐;优于艺者或短于文,违性施教,决无成就。今改用白话,庶几各精一艺,游惰可免。八曰便贫民:农书商书工艺书,用白话辑译,乡僻童子,各就其业,受读一二年,终身受用不尽。①

从裘氏列举的白话8大益处中,可以见出其倡言白话的目的动机皆集中于"启民智"的层面。尽管如此,但从其语言形式的"大众化"取向而言,能早于"五四"白话文运动20年提出系统的白话主张,裘氏其文不啻为一篇极具"语言革命"意义的"白话宣言"。

在维新派开展轰轰烈烈文学理论及实践探索之时,资产阶级革命派一直执着地将力量投入到现实的革命实践中,因此,在文学上的参与反而逊于维新派。在文学主张上,革命派基本沿袭了维新派强调文学的社会功能的传统,只是他们更进一步,将维新派思想上的"新民"宣传推进到政治上的"革命"鼓动,将"化大众"推进到了不但要"化大众",而且要"救大众"的高度。柳亚子在《复报发刊辞》中曾言要用文学"鼓动一世风潮","打破这污浊世界,救出我这庄严祖国来"。而陈去病在其《大汉报发刊词》中则要用文学"张吾民族之气而助民国之成……获共和之幸福"。王钟麒在其《论小说与改良社会之关

---

① 转引自《中国近代文学大系·文学理论集》(一),上海:上海书店,1994年,第84~85页。

系》中则云:"吾以为吾侪今日,不欲救国也则已,今日诚欲救国,不可不自小说始,不可不自改良小说始。"① 为了使政治上的"革命"鼓动行之有效,资产阶级革命派甚至提出文学要面向"贩夫走卒"、"屠夫牧子"。这一主张足可见出,在文学形式"大众化"的方向上,革命派较维新派走得更远。

辛亥革命之后,形式上的民主共和国建立,维新派则淡出历史,他们或转向或退隐,而革命派则大多以革命功臣的身份投身政界,或投入新的斗争。曾经被鼓吹为具有洗心革面、改天换地之力量的文学,也被认为完成了它的工具功能,由高高在上的"化大众"转向了低姿态的迎合市民阶层趣味的"大众化",作为其具体表现,则是以包天笑、周瘦鹃等为代表的鸳鸯蝴蝶派的崛起。

1907至1917年之间,正是中国近代文学向现代文学转型的过渡时期。而这一时期鸳鸯蝴蝶派小说的兴盛,从某种意义上说,也得力于其小说内容上的"大众化"因素,只是由于鸳鸯蝴蝶派小说内容上的"大众化"只化到了"市民"而未至"农民",且显示出了"迎合"、"媚悦"之态,遂为坚持文学之"审美品格"和主张文学彻底"大众化"的双方所共同诟病,甚至厌恶。

不应忽视的是,鸳鸯蝴蝶派小说家们为了赢得更多的读者,已在文学形式上做了一些力所能及的"大众化"尝试。尤其是在语言上,他们的有些小说也基本上采用了比较地道的大众口语,虽不够彻底,但若思及较成熟的"白话"小说几年后方才出现,我们就不能不敬佩鸳鸯蝴蝶派小说家们所做的努力了。

二、"化大众"与"大众化"主题的演化

当资产阶级维新派与革命派执着于文学"化大众"的宣传与实践,强调文学的教化功能之时,其后兴起的鸳鸯蝴蝶派,则

---

① 转引自《中国近代文学大系·文学理论集》(二),上海:上海书店,1994年,第378页。

将文学"降格以求",把文学"大众化"到市民阶层,进一步凸显了文学的娱乐功能。1917年,"五四"新文学兴起之后,中国文学又有了全新的追求,文学的主题也有了新的变化。

早在1916年8月,李大钊就曾指称:"由来新文明之诞生,必有新文艺为之先声。而新文艺之勃兴,尤必赖一二哲人,犯当世之不韪,发挥其理想,振其自我之权威,为自我觉醒之绝叫,而后当时有众之沉梦,赖以惊破。"①也恰如李大钊所言,正是陈独秀等"哲人"让"发挥其理想"的《新青年》"惊破"了"当时有众之沉梦"。于是,李大钊心目中的"新文明"紧随作为"先声"的"新文艺"而进入国人的精神领域。可见,此后萌发的"五四"新文学,最初已被先驱者们设定为"新文明"的催生剂,同时又肩负起了思想上"化大众"的使命。

诚然,在"五四"新文学的倡导和具体实践中,新文学作家在"化大众"时所"化"的对象内涵、方式及策略,与资产阶级维新派、革命派的"化大众"全然不同。首先,就所"化"对象而言,资产阶级维新派、革命派注重的是集体意义上的"民",而"五四"时期新文学作家所侧重的是个体意义上的"人";前者注重的是"民"之"智"的改变,而后者侧重的是"人"之"德性"的重铸。早在1915年《青年杂志》创刊号上,陈独秀在《敬告青年》一文中曾指出:"解放云者,脱离夫奴隶之羁绊,以完其自主自由之人格之谓也。"而鲁迅则在1907年就强调"任个人而排众数","尊个性而张精神","首在立人,人立而后凡事举","个性张,沙聚之邦由是转为人国"。② 到1918年10月,鲁迅在其《随感录三十八》中,仍然极力抨击中国固有的"合群的自大",而大力提倡"个人的自大"③。周作人在《人的文学》中提出"人的文学"要以"人道主义为本",而他"所说的人道主义","乃是一种

---

① 李大钊:《"晨钟"之使命》,载《晨钟报》创刊号,1916年8月15日。
② 鲁迅:《坟·文化偏至论》。
③ 鲁迅:《热风·随感录三十八》。

个人主义的人间本位主义","是从今人做起。要讲人道,爱人类,便须先使自己有人的资格,占得人的位置"。① 不可否认,"五四"一代知识分子仍有整体"国民性"之改造的终极目的,但在具体操作中,他们"化大众"的切入点却选择了"个人"、"个性"的培植。

就"五四"新文学"化大众"的方式及其所采用的策略而言,"五四"一代作家也不再像资产阶级维新派或革命派那样,直接将文学视为"新民"的工具或直接以文学去鼓动大众的革命激情,他们是在保证文学独立性的前提下,发挥其思想上"化大众"的潜在功能。譬如,文学研究会是主张文学"为人生"的文学团体,但其"宣言"却着力强调了文学的"独立性":"我们相信文学是一种工作,而且又是于人生很切要的一种工作;治文学的人也当以这事为他终生的事业,正同劳农一样。"②鲁迅在《南腔北调集·我怎么做起小说来》中回忆其"五四"时期的小说创作时曾言:"说到为什么做小说罢,我仍抱着十多年前的'启蒙主义',以为必须是'为人生',而且要改良这人生……所以我的取材,多采自病态社会的不幸的人们中,意思是揭出病苦,引起疗救的注意。"虽然鲁迅强调"启蒙",强调"为人生",甚至强调用文学"改良这人生",但仍然是通过"取材"上的选择,"揭出病苦","引起""注意"。当然,"五四"时期也有一些强调文学直接的社会作用的言论,如言文艺是"推动社会使前进的一个轮子"③等等,但就全局而言,无论是理论倡导,还是创作实践,思想上"化大众"的努力都是在重视文学"独立性"的前提下进行的。

在"五四"新文学中,除了思想上的"化大众"的大潮之外,也出现了知识分子思想情感上的"大众化"趋向。1918 年 1

---

① 《新青年》第 5 卷第 6 号。
② 《文学研究会宣言》,载《小说月报》第 12 卷第 1 号,1921 年 1 月 10 日。
③ 《民众戏剧社宣言》,载《戏剧》第 1 卷第 1 期,1921 年 5 月。

月,《新青年》第 4 卷第 1 号上同时刊载了胡适和沈尹默的同题新诗《人力车夫》,两诗中皆显露出知识分子对下层劳动者的同情,也显示出了 20 世纪中国知识分子"自审"、"忏悔"的开始与"原罪感"的萌生。1918 年 11 月,蔡元培在天安门前发表了题为《劳工神圣》的讲演,宣称:"凡用自己的劳力作成有益他人的事业,不管他用的是体力、是脑力,都是劳工……我们要自己认识劳工的价值。劳工神圣!"① 蔡元培的"劳工神圣"口号中的"劳工",是一个包括体力和脑力劳动者的较宽泛的概念,但是,随着"劳工神圣"口号的广泛传播,作为传播者的知识分子却逐渐将自己从"劳工"中剔除出来,使"劳工"只剩下了"体力劳动者"这单一的内涵。所以"劳工神圣"引发了一系列关于下层劳动者的讨论,也因此引起了更多的新文学作家对劳工问题的关注和思考。即使一贯不爱趋时的鲁迅,也在 1919 年 12 月 1 日出版的《晨报周年纪念增刊·劳动专号》上发表了《一件小事》,表达了对下层劳动者高尚品格的崇敬与景仰,是对胡适、沈尹默所作的《人力车失》中透露出的知识分子自省意识的进一步深化。这一时期,在其他诸多描写下层劳动者的作品中,也有不少透出作者对"劳工"由衷的敬佩之情,如郁达夫的《春风沉醉的晚上》等。而这一切,都可以视为知识分子自我"大众化"的一种趋向。

在"五四"新文学中,最不能忽视的则是文学语言上的"大众化",其集中体现就是白话文学的提倡与实践。如前所述,在 1898 年,裘廷梁就积极提倡过白话文,此后几年白话也一度较为流行,但是,就倡导白话文的主张之系统、态度之坚决及运用白话之执着而言,"五四"文学是一个全新的开始。1917 年 1 月,胡适在《新青年》上发表了标志着"五四"文学发难的《文学改良刍议》,提出了"文学改良"的"八事"之"八"即为:"不避俗

---

① 蔡元培:《劳工神圣》,载《新青年》第 5 卷第 5 号。

字俗语。"在这里,虽然胡适出于策略上的考虑,将以白话从事文学创作的主张置于了较温和的"不避俗字俗语"的遮蔽之下,并且将这一点列为"八事"的最后一"事",但胡适内心所真正重视、最为强调的恰恰是这最后一"事",其极力主张的也恰恰是较"不避俗字俗语"更明确的"用白话作文作诗"。胡适后来回忆当时的情景时曾说:"我们在国外讨论的结果,早已使我认清这回作战的单纯目标只有一个,就是用白话来作一切文学的工具。"①

胡适的《文学改良刍议》赢得到了陈独秀的赞赏,在次月刊行的《新青年》第2卷第6号上,陈独秀即登载了他"声援"胡适的《文学革命论》,呼号国人"推倒雕琢的阿谀的贵族文学、建设平易的抒情的国民文学";"推倒陈腐的铺张的古典文学,建设新鲜的立诚的写实文学";"推倒迂晦的艰涩的山林文学,建设明了的通俗的社会文学"。虽然陈独秀所要建设的"国民文学"、"写实文学"、"社会文学"并未被赋予明晰的内涵,但从其所用的"平易的"、"新鲜的"、"明了的"、"通俗的"等修饰语中即可见出,陈氏要求文学语言形式"大众化"(即白话化)的价值取向。胡适、陈独秀其文相继刊出后,"白话文学"的倡议遂成了新文化界普遍关注的话题,钱玄同、刘半农、傅斯年等先后介入讨论,胡适、陈独秀也进一步切磋,"白话是文学的正宗"不久便成了不争的事实。在创作中,新文学家进行了切实的以白话入诗入文的尝试,并很快获得了白话文学的第一批实绩。胡适等人的白话诗,鲁迅的白话小说等皆是该时期白话文创作的典范。

从总体取向而言,"白话化"与"大众化"是一致的,因为"白话"不但包涵着对贵族化的"文言"的否定,而且其本身也确实是一种极为"大众化"的语言交流工具。不过,若细致考察"五

---

① 胡适:《逼上梁山》,《中国新文学大系·建设理论集》,上海:上海良友图书印刷公司,1935年。

四"文学"白话化"的具体进程,我们也不难发现其对"大众化"的"偏离"。1919年,傅斯年在其《怎样做白话文》中提出:

> 我们仅仅做成代语的白话文,乞灵说话就够了,要是想成独到的白话文,超于说话的白话文,有创造精神的白话文,与西洋文同流的白话文,还要在乞灵说话以外,再找出一宗高等凭藉物。这高等凭藉物是什么,照我回答,就是直用西洋文的款式,文法,词法,句法,章法,词枝……一切修词学上的方法,造成一种超于现在的国语,欧化的国语,因而成就此欧化国语的文学。①

新文学的发展确实与傅氏的设想相一致,从"说话"与"欧化"两个方面汲取所需,从而形成了一种被后人指责为过于"欧化"的新文学语言系统。不过,在"五四"一代作家的心目中,这种"欧化"正是他们在实现文学语言"大众化"之时,为避免语言的单一而做的一种"化大众"式的矫正。

在文学形式的其他方面,"五四"一代作家也未忽视"化大众"意义上的改造,如对传统的较合大众欣赏习惯的"情节结构"的突破,对与大众的接受心态相契合的"大团圆"结局的摒弃,甚至"戏杀"(如鲁迅的《阿Q正传》),对传统戏曲改造甚至以话剧取代传统戏曲的努力等。这一切也反证了"五四"一代作家实现了此前及此后的许多主张思想上"化大众"的作家所不及的文体意义上的"自觉"。

另外,"五四"文学还显示出了题材上的引人注目的"大众化"取向。胡适在其《建设的文学革命论》中提出,要将文学的取材范围扩展到"今日的贫民社会,如工厂之男女工人,人力车夫,内地农家,各处大负贩及小店铺"②。周作人的《平民文学》

---

① 傅斯年:《怎样做白话文》,载《新潮》第1卷第2号,1919年2月1日。
② 胡适:《建设的文学革命论》,载《新青年》第4卷第4号,1918年4月。

也强调:"我们不必记英雄豪杰的事业,才子佳人的幸福,只应记载世间普通男女的悲欢成败。因为英雄豪杰才子佳人,是世上不常见的人。普通男女是大多数……所以其事更为普遍。"①而"五四"时期的创作,更是将题材扩展到从通都大邑到穷乡僻壤的各个阶层,尤其是下层劳苦大众,让粗手大脚的工人、农民,各式各样的普通男女,走进了以往被帝王将相、才子佳人占领的文学画廊。②

今天看来,"五四"时期涌现出的这种文艺变革思想,与20世纪40年代毛泽东的文艺思想两者间既获得了某种程度上的承续,又呈现出了某些本质上的差异。20世纪40年代,在全民抗战的历史语境中,作为政治家、思想家的毛泽东,他是站在抗战建国的高度来看待文艺问题的,因而较之"五四"时期知识分子(作家)在文学层面的"化大众"或"大众化"更为激进,也更为高远。在他的思想意识中,文艺的变革,不应局限于文艺的内容、形式及诉诸对象的层面,而更多的或主要的应是知识分子(作家)自身的改造问题。即知识分子(作家)应由过去高高在上的思想启蒙,进入到自身阶级立场、思想情感的转化方面,甚至是自身身份的改变。知识分子(作家)应俯下身子,虚心向工农兵学习,并努力成为他们中的一部分,只有这样,才能充分发挥文艺应有的作用和效益。20世纪40年代,在以延安为中心的抗日根据地,毛泽东为了实现这一想法,甚至不惜动用政治的力量来对知识分子(作家)自身进行全方位的改造,目的是使之成为抗战建国的两支"队伍"之一。后文对此设有专论,这里不再赘述。

---

① 周作人:《平民文学》,载《每周评论》第5号,1919年1月。
② 晴耕雨读:《化大众与大众化:逆向的孪生主题》,http://blog.sina.com.cn/wangwei0001。

三、"左翼"文学的"化大众"与"大众化"

"左翼"文学的"大众化"是建立在"阶级论"和"工具论"基础之上的,它是随着无产阶级革命文学的兴起而提出来的口号。我们知道,"五四"文学虽提出了"人的文学"和"平民的文学"等主张,但新文学的接受对象仍旧局限于城市资产阶级、小资产阶级和部分青年学生,根本没有普及到广大民众,仅停留在"化大众"阶段。为改变这种南辕北辙的现象,克服行动与结果之间的矛盾,革命文学倡导者纷纷撰文相继提出要建立"站在第四阶级说话的文艺"①,文艺"要为大多数的人们",文艺"不能忽视产业工人和占人数最大多数的农民"的主张;②成仿吾更是呼吁革命文学作家"要努力获得阶级意识","要使我们的媒质接近农工大众的用语","要以农工大众为我们的对象"。③其实,成仿吾的这一言说已相当全面地从思想内容、语言和对象层面概括出了"左翼"文学"大众化"的要点所在。1931 年 11 月,"左联"又通过《决议》的形式宣布:"为完成当前迫切的任务,中国无产阶级革命文学必须确定新的路线。首先,第一个重大问题,就是文学的大众化";要求"第一,必须立即开始组织工农兵贫民通信员运动,壁报运动,组织工农兵大众的文艺研究会读书班等等,使广大工农劳动群众成为无产阶级革命文学的主要读者和拥护者,并且从中产生无产阶级革命的作家及指导者。第二,实行作品和批评的大众化,以及现在这些文学者生活的大众化。今后的文学必须以'属于大众,为大众所理解,所爱好'(列宁)为原则;同时也须达到现在这些非无产阶级

---

① 郭沫若:《文艺家的觉悟》,载《洪水》2 卷 16 期,1926 年 5 月 1 日。
② 麦克昂(郭沫若):《桌子的跳舞》,载《创造月刊》第 1 卷第 11 期,1928 年 5 月 1 日。
③ 成仿吾:《从文学革命到革命文学》,载《创造月刊》第 1 卷第 9 期,1928 年 2 月 1 日。

出身的文学者生活的大众化与无产阶级化"。在涉及"创作问题——题材,方法,及形式"等方面,《决议》又指出,"创作问题"有"十分重要的地位",不能"忽视作品"。创作要注意"中国现实社会生活中广大的题材",写帝国主义的压迫剥削、军阀地主资本家以及军阀混战、苏维埃运动及治下的民众生活、红军及工农群众的战斗和农民、工人的斗争与贫困。"在方法上,作家必须从无产阶级的观点,从无产阶级的世界观,来观察,来描写。作家必须成为一个唯物的辩证法论者",同时反对"观念论,机械论,主观论,浪漫主义,粉饰主义,假的客观主义,标语口号主义"等。①

文学的"大众化"经过了革命文学理论家(作家)的大力倡导,特别是"左联"的高度重视,"大众化"的问题才逐渐被时人所关注,但它的实际状况与效果仍不令人满意。革命文学本身并没有为工农大众所接受,"五四"文学"化大众"的启蒙思想仍在无形地支配着作家们的创作。理论倡导与文学创作实践所呈现出二元分离状态,引发了"左翼"内部关于文学"大众化"问题的三次规模较大的讨论(1930年3月、1931年11月至1932年上半年、1934年)。在论争初期,冯乃超、成仿吾、沈端先等就将"大众化"与"化大众"对立起来,理论上认为文学创作应走一条适应的通俗化道路,但在实际创作中不经意间仍会以一种启蒙者的姿态来审视文学"大众化"问题。他们并没有摆脱知识分子的"精英"意识和居高临下的优越感,文学的"大众化"仅停留在语言和技术的操作层面。后来,随着论争的深入,"左翼"知识分子(作家)对文学"大众化"的性质认识也发生了巨大的变化。

在革命文学的倡导时期,"大众化"的目的和任务,定位在

---

① 《中国无产阶级革命文学的新任务——一九三一年中国左翼作家联盟执行委员会的决议》,《前哨·文学导报》第1卷第8期,1931年11月15日。

"怎样使大众能整个地获得他们自己的文学",而"中国目下所要求的大众文学是真正的启蒙文学"①。由此,我们不难看出,"大众化"的倡导者们提出问题的立足点是放在启蒙上。只是在"左联"成立后,政治革命、阶级斗争形势趋于紧张激烈,尤其是日本帝国主义的武装侵略加剧了民族矛盾的激化。在这样形势下,文学"大众化"就不能再停留在"启蒙"的层面,文学"大众化"的目的和任务才从根本上发生偏移,转而集中在现实的"救亡"上。"普洛大众文艺的斗争任务是要在思想上武装群众,意识上无产阶级化,要开始一个极巨大的反对青天白日主义的斗争"②。文学的"阶级性"和"工具性"也由此得到进一步确认和强化。

文学"大众化"口号的提出及讨论的展开,某种意义上是对现代文学格局进行新的规划,试图将"五四"文学的人学观、平民观,由"小资产阶级、资产阶级、青年学生"推进到广大未接受良好教育的工农阶级,它在对"五四"启蒙文学的批判中深化着革命文学的表现主题和内容,并规定着文学的表现方法和接受对象。如果说"五四"文学革命通过"文言/白话"、"贵族文学/平民文学"之争来建立文学的新范畴和新秩序,1928年以后的革命文学则通过"化大众/大众化"、"文学革命/革命文学"之争来完成对"五四"文学历史局限性的否定与批判,进而实现从启蒙话语到革命话语的转变。不过,"大众化"论争之所以出现在20世纪30年代而不是在其他时间,这就不是形式因素所能解释清楚的,它还涉及另外一个更深层次的原因——知识分子主体意识的变化。

在文学"大众化"的论争中,我们可以发现多数人将对工农

---

① 郑伯奇:《关于文学大众化的问题》,载《大众文艺》第2卷第3期,1930年3月1日。
② 瞿秋白:《普洛大众文艺的现实问题》,载《文学》第1期,1932年4月25日。

大众的同情心转化为一种近乎盲目的崇拜心理,呈现的是知识分子学习大众的逆向过程。这种甘做小学生的心态在"大众化"论争中显露无遗。在"大众化"争论中,尽管对"大众"一词的解释颇不相同,但人们对大众顶礼膜拜的心情却是一致的。在论争者的心目中,"大众"是辉煌、崇高、英雄的代名词,是拯救民族危机、抵御外来侵略的希望所在,是社会变革的主力军。这种对大众力量的认可和依赖心理行为昭示了知识分子以前那种以社会中坚、民族精英自居的主体意识开始蜕变,有的甚至走向其反面。这不能不说是20世纪30年代"左翼"文学"大众化"论争在创作主体层面上的一个收获。

文艺大众化运动并没有因为后来"左联"的解散而偃旗息鼓,而是继续蓬勃发展。1936年秋文艺界新启蒙运动、1937年文艺界的通俗化问题的讨论、1938年"文章下乡,文章入伍"口号的提出、20世纪40年代"民族形式"问题大讨论以及解放区文艺大众化运动红红火火的开展等,无不与"左联"时期文学大众化问题的多次讨论和大力推广有关。

第二节 文学论争与战时文学的"大众化"

一、战争效率观与战时文学的大众化走向

中国现代文学发展与当代文学生成的年代,是中华民族摆脱战争危机,实现民族解放的特殊时代。战争作为时代最大的政治,就不能不考虑它的特殊性,统一的意识、高度的组织、最大的效率,是获得战争胜利的必要条件。民主、自由、个体的要求,必须限定于历史的特殊性之内,一切为了战争,一切组织和斗争都是为了配合和服务战争的。高度的组织和统一的意志就是为了提高和解决战争的效率问题。

一切为了战争的思想,在文艺界也得到了积极的回应和自

觉提高。周扬在《抗战时期的文学》中说:"为了救国,应该利用一切可能的手段,文艺是许多手段中的一种,文艺家首先应该使用自己最长于使用的工具……先是国民然后才是文艺家。"①战争的非常态化,使文艺观念也变得更为激进,夏衍甚至认为:"抗战以来,'文艺'的定义和观感都改变了,文艺再不是少数人和文化人自觉的东西,而变成了组织和教育大众的工具。"②文学服从于战争,在这个时代已不容置疑。

  毛泽东也充分认识到"效率"在这个时代的重要性。在《反对党八股》中,他批评了那种长而空的文风,号召"研究一下文章怎样写得短些,写得精辟些",而且要有内容。他不仅是倡导者,而且也是自觉的实践者,这些显然是为了提高战争时期的效率而做出的努力。因此,作为战争时期的文学,作为"一条战线",也必须服务于民族抗战。文学艺术如何体现战争效率观,在这个时期多数人都认为就是要采用大众化的形式,而这两点都与简约明了有关。也就是说,只有通俗易懂的具有"中国作风和中国气派"的文学艺术,才能迅速为战时的民众所理解和接受,才能充分发挥文学艺术的宣传教育功能和组织动员作用,实现全民抗敌的目标。对于当时中国来说,"百分之八十的人口是农民","因此农民问题,就成了中国革命的基本问题,农民的力量,是中国革命的主要力量"。简约明了的内在要求,显然是针对占人口绝大多数的农民而言的。只有简约明了,通俗易懂,才能调动中国革命的主要力量并为他们服务。于是,文学艺术从语言到形式,就出现了一个如何把传统文化、外来文化和"五四"以来的新文化,"转译为革命的政治内容和通俗易懂的形式中来的问题"。"左联"时期关于"文艺大众化"的三次论争,到抗战前期文艺界的通俗文艺运动、旧形式利用、民间形

---

① 《周扬文集》第1卷,北京:人民文学出版社,1984年,第234页。
② 《抗战以来文艺的展望》,《文学运动史料》(第4册),上海:上海教育出版社,1979年,第34~35页。

式的倡导,以及后来民族形式问题的提出,我们从中可以发现,战时知识分子(作家)都在不懈地寻找一种有效的资源和形式,以解决文艺服务民族解放战争的效率问题。中华全国文艺界抗敌协会成立后,对"文章下乡,文章入伍"口号的提出,延安时期文艺界的"下乡运动",我们都可以把它看作是寻找这一资源和形式的有效实践。从第一次文代会上周扬的总结性报告中也可以看出,"解放区的文艺,由于反映了工农群众的斗争,又采取了群众熟悉的形式,对群众和干部产生了最大的动员作用与教育作用"①,就是文艺为战争服务的自豪表达。

诚然,战时文艺的效率观,有其一定的历史合理性,但单一的战争需要与文学内在的审美要求显然是存在冲突的。新中国成立后,文艺的民族化大众化作为战时的文艺主张一直延续下来,因其具有超强的效率仍被广泛倡导。20世纪50年代末,大搞民歌的群众运动就是这一思想合乎逻辑的发展。而在1958年提出的"赶英超美"口号,以及此后在全国范围内迅速发动起来的轰轰烈烈的"大跃进"运动,又可视为"战争效率观"在新中国经济社会建设层面的反映与体现。它是中华民族一洗百年来被压迫害、被凌辱的情感在20世纪50年代的一次爆发,其间洋溢着强烈的民族主义激情。但今天看来,浓烈的激情背后隐含的则是对于"效率"的单维度理解和"赶超"的乐观估计,作为一代伟人的毛泽东也未能例外。1963年1月,在《满江红·和郭沫若同志》一词中,他对此也有充满迫切感的诗性表达:"多少事,从来急;天地转,光阴迫。一万年太久,只争朝夕。"

二、抗战文学的"大众化"与"旧形式"的利用

1937年7月,中华民族进入全面抗战时期。为积极配合

---

① 周扬:《新的人民文艺》,见《中华全国文学艺术工作者代表大会纪念文集》,中华全国文学艺术工作者代表大会宣传处编印,1950年。

抗战,文艺界也自发组织起来,成立了全国规模的文艺界抗日民族统一战线——中华全国文艺界抗敌协会(以下简称"文协"),"文协"成立后,以"文章下乡,文章入伍"为号召,发起了声势浩大的全国性通俗文艺运动。为了培养通俗文艺创作人才,"文协"与通俗读物编刊社合作,举办通俗文艺讲习会和通俗文化运动座谈会,全面而系统地传播了通俗读物编刊社"旧瓶装新酒"的理论主张。凭借"文协"的大力推介,通俗读物编刊社"旧瓶装新酒"的创作方法,一时成了全国通俗文艺运动的基本方向。该社也有意识地借助抗战的特殊机缘,试图把自己塑造成一种体现抗战文学发展方向的意识形态权力话语代言人的角色。

基于当时宣传抗日与动员大众的需要,文艺的"大众化"和"利用旧形式"等理论主张及相关创作实践,在抗战初期也受到当时文艺界的广泛重视。许多知识分子(作家)在文艺创作上,从内容到形式都做了一定的尝试,涌现出了一大批形式短小、内容通俗的抗日作品。如老舍收在《三四一》(1938)集里的篇什,就有很多利用旧形式,来表现新的抗战生活和昂奋的民族情绪,并借此来振奋民众的抗战热情。而作为通俗读物编刊社的代表人物向林冰,一位"旧瓶装新酒"的热烈鼓吹者,在抗战爆发前后发表了一系列文章,竭力主张"将新内容尽可能装进或增入旧形式中"[①]。他在《"旧瓶装新酒"释义》中曾确认:抗战文艺"如果不于旧形式运用中而于旧形式之外,企图孤立地创造一种形式,这当然是空想主义的表现"[②]。他把利用旧形式看成大众化的唯一途径,主张全盘地继承民族遗产,这既和当时的创作倾向吻合,也与他日后强调的民间形式为民族形式的

---

① 向林冰:《再答"旧瓶装新酒"怀疑论者》,见《通俗读物论文集》,通俗读物编刊社,1938年,第56页。
② 向林冰:《"旧瓶装新酒"释义》,见《通俗读物论文集》,通俗读物编刊社,1938年,第35页。

"中心源泉"观点贯通。现在看来,其理论上的褊狭是显而易见的,然而在当时其观点却得到很多人的认可。

针对向林冰等人的理论观点和当下的创作倾向,胡风及"七月"社同人首先表示了不同的看法和疑虑。他们之间的分歧或争论的焦点不在于旧形式可否"利用"上,而是集中在以下五个方面:一是旧形式利用问题的起源;二是旧形式利用与大众启蒙运动的关系;三是旧形式的运用与新文学运动的关系;四是旧形式的利用在文艺创作上的意义;五是旧形式的利用与文化遗产的接受问题。通俗读物编刊社赵象离等人将胡风及"七月"同人的不同意见归纳为以上五个方面,并逐一在本社例会上进行了讨论。

首先,在"起源"问题上,胡风等人认为"旧形式的利用,在文学上也形成了问题,不外是因为新文学不能普遍地走入大众里面";"是文学作品和接受者之间的距离或者说矛盾产生出来的";"是用艺术的形式来执行宣传的问题"。① 在"旧形式利用与大众启蒙运动的关系"上,胡风认为:如果把旧形式的利用和别的问题分开,抽象地提得过高,会掩蔽根本的努力,而忘记大众启蒙运动是大众生活改造运动的内容之一,是启蒙运动不会收到提高民众水准的结果。另外,旧形式的利用会造成这样一种错觉,以为民众只能接受低级的东西,从而把启蒙运动鄙俗化了。这样的旧形式利用,是宣传教育工作上狭义的功利主义,其危险是往往不能成为推动行动的真正动力。其次,在"旧形式的运用与新文学运动的关系"及"旧形式的利用在文艺创作上的意义"上,艾青、吴组缃、欧阳凡海、聂绀弩、鹿地亘、吴奚如等都发表了各自不同的看法,但大都认为旧形式的利用,只是政治宣传上的方法之一,不承认其在文艺创作上的积极意义与价值,宣传是不能和文学放在一起说的。再次,在"旧形式的

---

① 《宣传·文学·旧形式的利用座谈会记录》,载《七月》第3卷第1期,1938年5月1日。

利用与文化遗产的接受"问题上,鹿地亘认为:如果旧形式的利用是以民族的旧文化为土壤而建立新文化,那么这就不仅仅是形式的问题,应当引起高度关注。言外之意,旧形式的利用潜在目的不在于形式,而在于新文艺话语权的争夺问题。

抗战初期,茅盾也是基本上肯定"旧瓶装新酒"的,从他这一时期所发表的对文艺大众化和利用旧形式的一系列文章中可以看出。他认为"旧瓶装新酒"是大众化的一条途径,但仅仅借用"旧瓶"的躯壳不行,还必须得"翻旧出新","牵新合旧",两者汇流"将是民族的新文艺形式,这才是'利用旧形式'的最高目标"。① 因此,"此时切要之务,应该是研究旧形式究竟可以利用到如何程度,应该是研究并实验如何翻旧出新,应该是站在赞成的立场上来批评那些试验的成绩;惶惶然担忧于新文学之遭殃,不免是扯淡而已"②。显然,茅盾是站在"左联"文艺大众化立场,从当前抗战形势需要的角度,来看待"旧瓶装新酒"这一问题的,其观点虽较向林冰等人客观、平实,但分明还停留于"利用旧形式"的议论,未能从理论上进一步深入,从更原则的意义上说明"两者汇流"的途径及方式方法,且其话语中还暗含有对胡风及"七月"社同人反批评的意味。

和国统区的有关讨论相呼应,抗日根据地对"利用旧形式"也展开过不少有意义的讨论。"鲁艺"、"剧协"、"文协"在对待"利用旧形式"上意见虽不统一,但大部分主张旧瓶装新酒在现阶段不仅可以,而且必要。"文协"甚至提出了学术中国化、文艺中国化的主张。柯仲平领导下的民众剧团表演的《查路条》、《秧歌舞》以及他的诗歌《边区自卫军》等,都是以新内容装进旧形式里面的尝试。然而这种尝试,常常是不加选择地运用旧形

---

① 茅盾:《利用旧形式的两个意义》,载《文艺阵地》第 1 卷第 4 期,1938 年 6 月 1 日。
② 仲方(茅盾):《利用旧形式的两个意义》,载《文艺阵地》第 1 卷第 4 期,1938 年 6 月 1 日。

式,因此也存在不少问题。虽说文学的大众化首先是要由形式的大众化入手,但若只是停留在套用这种形式上则是远远不够的。为此,李南桌在《关于"文艺的大众化"》一文中指出:"大众化"是不能"拿来同通俗混起来用"的,旧形式旧作品是可以作为取法的范本,但不能"不肯向大众受教"。① 此话颇有见地,它涉及知识分子转变立场、降低身份、走向大众、深入大众生活、向大众学习的问题。也就是后来毛泽东《在延安文艺座谈会上的讲话》中重点强调的关键性问题。"大众化"的根本任务,是"配合着整个政治和文化的情势,在解决着现在很迫切的两个问题的:一方面是迫不及待的革命(抗战)的大众政治宣传,一方面又是艺术向更高阶段的发展"② 也就是说,关于文艺大众化,不是如有些人所理解的那样,只是由于抗战形势所迫,消极地利用旧形式以便政治宣传;而是要使文艺更有利于对广大群众宣传抗战,在表现它鲜明的政治性和艺术性的同时,又要使它的表现形式为大众所接受、所喜爱。

从以上各方的论述中可以看出,他们在对文艺大众化的认识上都还没有超越"利用旧形式"的框架,还没有接触到问题的核心——如何创造"民族形式"的问题。但是,发生在国统区、根据地的关于"利用旧形式"的争论,提出的问题不仅及时,而且必要,不同意见的讨论,孕育了构建"民族形式"问题的许多重要内容。

第三节 "民族形式"论争与战时文学民族化大众化路径选择

中国现代文学自诞生以来,就存在一个如何与中国大众的

---

① 李南桌:《关于"文艺的大众化"》,载《国民公论》第3期,1938年10月。
② 冯雪峰:《关于"艺术大众化"》,载《抗战文艺》第3卷第9、10期合刊,1939年2月18日。

生活和民族文化传统结合形成新的民族形式和创造新的民族文学的问题。"左联"时期的三次文艺大众化的论争，因多数人将大众化简约为文学语言的通俗化和旧形式的利用等，因而对解决现实文艺创作问题进展不大。而"民族形式"问题的提出及其后展开的论争，虽与文艺大众化的讨论紧密相连，但在论争的表面喧哗背后则隐藏着若干有关文学和文艺的重要命题。

一、"民族形式"问题提出的历史语境

20世纪30年代，由于当时阶级斗争形势的掣肘和知识分子的启蒙思想一时难以清除，文艺大众化的实践未能进一步深入，仅停留在语言与旧形式利用的层面。抗战的爆发，不仅改变了中国社会的发展进程，也改变了文学活动的外部世界。在新的政治面前，在民族抗战的语境下，传统与现代、知识分子与大众关系已不再是简单的克服传统的问题，而是转移到确立民族地位，建立民族国家的"民族化"理论视点上，民族化不仅成为这一时期的文学思考和讨论的中心话题，也是中共政治意识形态所面对和必须重点解决的问题。

首先，随着中华民族全面抗战开始后，在"文章下乡、文章入伍"的时代大潮裹挟下，声势浩大的通俗文艺运动在国统区轰轰烈烈地开展起来。与之相伴的是，在通俗文艺的理论探讨和创作实践上虽取得了一定的实绩，在宣传和鼓动全民抗战上发挥了积极的影响作用，但其中也暴露出许多问题，尤其是在文艺（文学）与抗战的关系及文艺（文学）自身发展的认识上出现了异质的声音。作为全国通俗文艺运动的发起者，"文协"内部在看待通俗文艺的意义和历史价值等问题上也产生了分歧。如此前积极从事通俗文艺写作的老舍等人认为：目前运用旧形式编写通俗文艺读物，只是动员民众和宣传抗战的手段，一种为了抗战而不得不暂时牺牲艺术的临时性策略，而不承认通俗文艺具有新文学意义上的艺术价值。老舍在总结自己3年来

的通俗文艺写作时写道:"我写了旧形式新内容的戏剧,写了大鼓书,写了河南坠子。甚至写了数来宝……我们来写,就是想给这些还活着的东西一些新的血液,使它们前进,使它们对抗战发生作用。"① 然而,随着对旧形式的多次运用,老舍便发现其中严重的问题。在《一九四一年文学趋向的展望》中,老舍结合自身的创作实践,总结了自己利用旧形式的经验和教训:

> 在武汉时候我最初写通俗文艺,完全是客观形势的要求,和当时所能发生的效用。当时抗战爆发不久,热情煽动着每一个中国人,对于战争中的全面的复杂的现实都不大理解,也没有工夫去理解。我想,不仅我个人如此,恐怕老百姓也是如此的。旧瓶装新酒就在这时候给予我一种强烈的诱惑,以为这是宣传抗战的最锋利的武器。在开始学习写作的时候,只感到运用形式的困难,关于处理内容可说几乎完全没有想到。我当时只有这样一种感觉,旧形式是一个固定的套子,只要你学得象,就能有用处,也就是作家尽了自己的责任。这的确是当时的衷心之感。后来慢慢的把握了形式,才又想到如何装进适当的内容去,这是原先所没有想到的。于是发生了困难。也由于作家的生活逐渐深入于战争,发现抗战的面貌并不象原先所理解那样简单,要将这新的现实装进旧瓶里去,不是内容太多,就是根本装不进去。于是先前的诱惑变成了痛苦。等到抗战的时间愈长,对于现实的认识与理解也愈清楚,愈深刻,因此也就更装不进旧瓶里去,一装进去瓶就炸碎了。所以这一年来不能不放弃旧

---

① 老舍:《三年写作自述》,见《老舍文集》(第 15 卷),北京:人民文学出版社,1985 年,第 431 页。

形式的写作。①

在这里,老舍非常清楚地发现了旧形式的运用与新文学的发展之间的尖锐对立,并以一个曾经信奉并亲自实践过的作者的感受,来表达他对旧形式问题的态度,其与此前胡风的见解不谋而合。然而,今天看来,不论是"左联"时期的文艺大众化运动,还是抗战初期的"利用旧形式"的讨论,皆构成了"民族形式"问题提出的历史语境。只是在抗战建国的大背景下,以向林冰、茅盾、胡风和老舍为代表的各方所处的立场、动机,以及看问题的角度各不相同,一时也难以形成统一的认识,他们皆未能高屋建瓴地提出文艺在这一特殊的历史时期如何发展的学理性见解。

值得注意的是,在抗战前后,中共党人对文化"大众化"和"民族性"的强烈体认及理论阐发,不仅直接构成了"民族形式"问题提出的具体语境,而且为此后的"民族形式"论争提供了重要理论资源和方法论启示。如瞿秋白的马克思主义大众化思想既构成了毛泽东文化大众化理论的直接理论来源,又提供了许多重要的方法论借鉴。而1936年开展的"新启蒙运动"则可视为"民族形式"问题讨论的先声,成为中共文艺大众化实践向民族化理论探讨过渡的桥梁。其中的代表人物艾思奇、柳湜、陈伯达、何干之、胡绳等中共党人已认识到旧启蒙运动未能"建立起整个的中国自己的文化"②,于是在党内最早从"文化"的整体角度,鲜明地提出和强调了新文化的"民族形式"问题,并较为准确地揭示了文化"民族化"和"大众化"之间密不可分的关系。并要"选拔旧文化中的具有民族意识的要素,发展

---

① 老舍:《一九四一年文学趋向的展望》,载《抗战文艺》第7卷第1期,1941年1月1日。
② 艾思奇:《论文化和艺术》,银川:宁夏人民出版社,1982年,第34页。

它"①,来创造中华民族现代新文化。1937年夏秋,陈伯达、艾思奇、何干之、周扬等人先后奉命到达延安,得以将新启蒙运动的思想特别是文化的"民族性"意识直接带进中共党内。这一时期,他们发表的诸如《国难与文化》(柳湜)、《现阶段的文化运动》、《我们关于目前文化运动的意见》、《我们继续历史的事业前进——为纪念中国共产党成立十七周年而作》、《论文化运动中的民族传统》、《共产主义者与道德》(艾思奇)等文章,有力地推动了中共对于中华民族传统文化态度的改变,启发着中共高层领导人根据本民族的实际,去理解和运用马克思主义的新的历史阶段的到来。

综上可见,抗战初期,大多数知识分子(作家)在对文艺大众化的认识上还没有超越"利用旧形式"的框架,还没有接触到问题的核心——如何创造"民族形式"的问题。但是,发生在国统区、抗日根据地的关于"利用旧形式"的争论和中共党人倡导的"新启蒙运动"中,已孕育了构建文艺"民族形式"的许多重要内容,其为此后波及全国的"民族形式"论争创设了理论前提和实践基础。

二、"民族形式"论争与战时文艺的现代民族化构想

抗战爆发后,由于民族意识的高扬,如何在文艺创作领域彰显民族意识,突出民族特色,唤起全民抗战,已成为这一时期文艺论争的焦点和理论建设、创作实践的主要追求目标之一。尽管此前在抗日根据地就有关于话剧民族化的讨论,在国统区,茅盾、胡风和向林冰等人围绕"旧瓶装新酒"展开的论争,但"民族形式"作为一个口号,是1938年毛泽东在中共六届六中全会上做《中国共产党在民族战争中的地位》的报告中提出来的:

---

① 柳湜:《国难与文化》,《柳湜文集》,北京:三联书店,1987年,第721页。

> 马克思主义必须通过民族形式才能实现。没有抽象的马克思主义，只有具体的马克思主义……因此，马克思主义的中国化，使之在其每一表现中带着中国的特性。即是说，按照中国的特点去应用它，成为全党亟待了解并亟待解决的问题。洋八股必须废止，空洞抽象的调头必须少唱，教条主义必须休息，而代之以新鲜活泼的，为中国老百姓喜闻乐见的中国作风与中国气派。①

毛泽东之所以能在这个时候做出这种"决策性"的认识，显然是出于政治的目的。首先是抗战形势的推动和现实民族斗争的需要，其次是中共为消除王明路线影响所进行的党内高层斗争和将要开展的全党整风运动的需要，再次也包含着某种摆脱共产国际"指手画脚"，以获得共产主义运动内部的民族自主的现实动机。诚然，这里也不排除毛泽东想用民族文化整合外来文化的设想。文中论及马克思主义的"民族形式"，就是要使马克思主义基本理论同中国革命的具体实践结合起来，用民族的形式来解决马克思主义中国化的问题。而"中国作风与中国气派"，仅仅是对马克思主义在中国环境下具体运用的形式特征的抽象化概括。"民族形式"首先是作为马克思主义"中国化"与"民族化"的诉求样态，在全民抗战的时代精神和延安中共政治意识形态"整合"的历史语境中应运而生的。从文化思想上看，毛泽东无疑是受到瞿秋白的马克思主义思想和陈伯达、艾思奇等"新启蒙运动"者的直接启发。不过，与陈伯达、艾思奇等人以往主要把"民族形式"局限在旧文化形式方面不同，毛泽东这里的"民族形式"，除了指现成的需要利用的旧形式外，还包括着甚至主要是面向未来创造新的文化民族形式问

---

① 毛泽东：《中国共产党在民族战争中的地位》，发表时以《论新阶段》为题，刊于《解放》周刊第57期，1938年11月25日。

题。因为文化上的"民族形式"构建过程往往与民族国家的建立过程是互动的,二者具有同构性特征。也正因为如此,什么是或如何才是"中国作风和中国气派"的现代民族文化或文艺,怎样形成具有"中国作风和中国气派"的民族文化或文艺,也就逐渐成为 1939 年初兴起的"民族形式"讨论中的核心问题之一。而这一问题,又与中共如何建立民族国家、如何发扬和创造中国文化的"民族性"联系在一起。

尽管毛泽东所说的"民族形式"问题非专对文艺问题而发,但延安知识分子(作家)很快就敏锐地捕捉到其中的重大意义。柯仲平最早将毛泽东有关"中国作风与中国气派"的观念与文艺上的"民族形式"关联起来,在《谈"中国气派"》一文中,他认为"每一个民族,都有自己的气派。这是由那民族的特殊经济、地理、人种、文化传统造成的","最浓厚的中国气派,正被保留、发展在中国多数的老百姓中"。柯仲平还把毛泽东的具体言论,演绎成了普适性原则:"国际主义的马克思主义应该中国化,其他优良适合的西洋文化也同样应该是中国化的。"①并以电影艺术为例,提出了西方文化的中国化的必要性。这就把毛泽东关于党内如何学习马克思主义的经典论断引申到中国文化、文艺如何发展的路径上来。而巴人(王任叔)在《中国气派和中国作风》一文中又从民族的形式与内容、作家的基本素质等方面对此又做了进一步的阐释②。陈伯达则从毛泽东讲话的意识形态背景出发,把毛泽东所说的"民族形式"问题和通俗文艺运动中的"旧形式"联系起来,并把创造文艺的"民族形式"提升到不容置疑的文艺运动方向和新文学发展目标的高度。

在延安抗日根据地关于"民族形式"的讨论中,艾思奇和周扬的观点颇具代表性。艾思奇认为:"每一个时期都有它的中

---

① 柯仲平:《谈"中国气派"》,载延安《新中华报》,1939 年 2 月 7 日。
② 巴人:《中国气派与中国作风》,载《文艺阵地》第 3 卷第 10 期,1939 年 9 月 1 日。

心急迫的任务,而在今天,这样的任务在文艺界正是在于要把握旧形式。"运用旧形式的"中心目标",正是为了"要创造新的民族的文艺"。"五四"以来新文艺运动所产生的"能够表现我们的民族气派和民族作风的东西"实在太少了,"我们需要更多的民族的新文艺,也即是要以我们民族的特色(生活内容方面和表现形式方面包括在一起)而能在世界上占一地位的新文艺。没有鲜明的民族特色的东西,在世界上是站不住脚的"①。显然,在艾思奇这里,也同王任叔一样,所谓"中国作风和中国气派"已不仅限于文艺的"形式",同时也指向了文艺的"内容"。周扬对毛泽东强调文化的"民族性"和"民族形式",也表示了明确的认同。在《我们的态度》一文中,他写道:

> 在文艺修养方面,我们的作家几乎全是受西洋文学的熏陶。一个落后的国家接受先进国家的文化的影响,是非常而且必要的;我们过去的错失是在因此而完全漠视了自己民族固有的文化。在文艺大众化、旧形式利用的问题上所碰到的主观的困难就是从对中国旧有文化的那一贯冷淡和不屑去研究的态度而来的。这个态度必须改变。我们要在对世界文化的关心中养成对自己民族文化的特别亲切的关心和爱好,要在自己民族历史文化的基础上去吸取世界文化的精华。国际主义也必须通过民族化的形式来表现。不深通自己民族文化的人,在文化问题上绝不会成为真正的国际主义者,因为他不能发扬自己民族的文化来丰富国际文化的内容,他对于国际文化将是一个寄生者,而一无所贡献。②

---

① 艾思奇:《旧形式运用的基本原则》,载《文艺战线》第1卷第3号,1939年4月16日。
② 周扬:《我们的态度》,载《文艺战线》创刊号,1939年2月16日。

从这一观点出发,周扬也谈到了"旧形式"的利用问题。他认为,当时在中国,"把艺术和大众结合的一个最可靠的办法是利用旧形式"。但他在主张充分利用旧形式的同时,又特别强调"要估量它的被利用的限度,在利用它的时候一刻也不要忘了用批判的态度来审查和考验它,把它加以改造。我们不要使新内容为旧形式所束缚,而要以新内容来发展旧形式,从旧形式中不断地创造新的形式出来"。① 因为利用旧形式只是发展民族新形式的"一个必要的手段,必要的努力","民族新形式的建立,并不能单纯依靠于旧形式,而主要地还是依靠对于自己民族现实生活的各方面的绵密认真的研究,对人民的语言、风习、信仰、趣味等等的深刻了解","离开现实主义的方针,一切关于形式的论辩,都将会成为烦琐主义与空谈"。周扬还反对那种因"五四"以后的新文学吸收了西方的新形式新观念即采用了"欧化"就将其简单否定的观点,认为"欧化与民族化并不是两个绝不相容的概念","由于实际需要而从外国输入的东西,在中国特殊环境中具体地运用了之后,也就不复是外国的原样,而成为中国民族自己的血和肉之一个有机构成部分了"。鲁迅的《狂人日记》等小说,就是一种带有"欧化"色彩的新创造的民族形式。周扬并且由此认定:"完全的民族新形式之建立,是应当以这为起点,从这里出发的。"②此种"提醒",反映了周扬等人的敏锐和远见,在当时应当说是完全必要的。何其芳也持类似的观点,他认为"五四运动以来的新文学是旧文学的正当的发展","目前所提出来的民族形式,不过是有意识地再到旧文学和民间文学里去找更多的营养,无疑地只能是新文学向前发展的方向,而不是重新建立新文学。因此它的基础无疑地只

---

① 周扬:《我们的态度》,载《文艺战线》创刊号,1939年2月16日。
② 周扬:《对旧形式利用在文学上的一个看法》,载《中国文化》创刊号,1940年2月25日。

能放在新文学上面"。①

然而,这次"民族形式"讨论的出发点毕竟是克服文艺形式上僵硬"欧化"的缺陷,要"有意识地再到旧文艺和民间文艺里去找更多的营养"的问题,所以这方面的收获仍是主要的和直接的。冼星海这一时期有关音乐民族形式的探索与实践,堪称其中的典型之一。1939年底和1940年初,冼星海先后在《文艺战线》、《中国文化》上发表了《论中国音乐的民族形式》、《民歌与中国新兴音乐》等文,探讨了中国音乐在旋律、节奏、乐器的使用及音色等方面的民族特色和加以保持、改造与利用的方法,并在实践上取得了较为显著的成绩。

从1939年初开始,延安《新中华报》、《文艺突击》、《文艺战线》、《边区文化》等报刊,相继发表了柯仲平、艾思奇、陈伯达、萧三、冼星海、何其芳、沙汀、刘白羽等人的文章,联系利用"旧形式"问题,围绕着创造文艺的"民族形式"展开了讨论。稍后,在国党统区的《文艺阵地》、《西线文艺》、《文学月报》、《大公报》、《国民公报》、《新蜀报》等报刊上,也发表了黄绳、巴人、张庚、罗荪、魏伯、冯雪峰、王冰洋等人的讨论文章。在香港地区,以《大公报》的《文艺》副刊为中心,召开了座谈会,开辟"创造文艺民族形式的讨论"专栏。黄药眠、杜埃、宗珏、黄绳、袁水拍等人纷纷著文发表看法。在最初阶段,参与讨论的各方均表达了各自对"民族形式"内涵的不同理解,以及如何构建文艺"民族形式"的不同设想,但"让真正的民族新文艺""能够在广大的民众中发生力量"是论争各方基本一致的立场。因此在如何建立民族形式问题上虽有明显的分歧,但尚未形成激烈的论争。

1940年1月,毛泽东发表了《新民主主义论》一文。这篇论文代表了对中国化马克思主义基本命题的经典阐述。"新民主主义"是指一种和中国的直接需要相适应的政治、经济和文

---

① 何其芳:《论文学上的民族形式》,载《文艺战线》第1卷第5号,1939年11月16日。

化结构,其基本要义是:一、中国革命是反对资本主义的世界革命的一部分;二、这是一场在"半殖民地半封建"社会进行的反对资本主义的革命,对于这个社会来说,民族解放是它的主要任务;三、它也是一场民族革命,一场旨在创建一个新民族和一种新文化的革命,这种文化同历史上遗留下来的文化以及从外国舶来的文化截然不同,这种文化"应有自己的形式,这就是民族形式,新民主主义的内容——这就是我们今天的新文化"①。毛泽东的这篇登峰造极之作,为正在开展的民族形式问题讨论指出了明确的方向,再次把延安正在开展着的"民族形式"问题的讨论引向深入,已开始涉及对"五四"以来新文艺的重新评价问题。在此之前,艾思奇已在"利用旧形式"的讨论中对"五四"新文化传统进行了反思。他认为:"新文艺运动并不是建立在真正的广大民众基础上的,主要的是中国的力量薄弱的市民阶级的文艺运动,它还没有向民间深入。"新文艺虽有"现实主义和平民化要求",但是"生活在广大的民众外的作者和外来的写实形式,不能达到真正的现实主义和平民化的目的"②。萧三从否定"五四"新诗的立场出发,借对新诗的批评来达到对"五四"文学传统的否定。他主张"新形式要从历史的和民间的形式脱胎出来",在新的诗歌形式的创造上,诗人应该"向民族几千年来的诗词学习,向民间歌谣学习"。

在当时延安文艺界,陈伯达的论调与萧三相类似,我们从他与王实味的论争中可见一斑,甚至能从其对王实味的反批评文章中嗅出无限上纲的味道,诸如斥责王实味为"形式主义

---

① 毛泽东:《新民主主义论》,文章最初以《新民主主义的政治与新民主主义的文化》为题发表于1940年1月《中国文化》第1期。
② 艾思奇:《旧形式运用的基本原则》,载《文艺战线》第1卷第3号,1939年4月16日。

者"、具有"托派思想"等,已有把文艺批评等同政治裁决的嫌疑。① 尽管前后有周扬、何其芳、王实味、沙汀等人极力为"五四"新文学的合法性辩护,把新文学视为旧文学的正当发展。但是,在解放区,"民族形式"问题其实是作为一项政治思想任务和战时文艺政策来贯彻的,目的是为了配合延安中共意识形态"整合"和战时文化建设需要,学理性论争并未能深入展开。

毛泽东关于文艺"民族形式"的相关论述传入国统区后,国统区"民族形式"问题的讨论开始由意见分歧发展成为论争。论争最先由通俗读物编刊社同人引发。日渐边缘化的境遇促使通俗读物编刊社试图借延安的权力话语,来重新确立"旧瓶装新酒"创作方法的正当性和中国文化本位论的立场。最初主要围绕着所谓民族形式的"中心源泉"问题展开,涉及民族文化遗产的批判继承、"五四"新文学的历史功过等。有人开始把创造民族形式与"五四"新文学对立起来,对后者做了较多的否定。

通俗读物编刊社代表人物向林冰在继其"旧瓶装新酒"之说后,又在《论"民族形式"的中心源泉》一文中明确提出了"民间形式"是"民族形式"的中心源泉的观点。他认为:

> 民间形式的评判的运用,是创造民族形式的起点;而民族形式的完成,则是运用民间形式的归宿。换言之,现实主义者应该在民间形式中发现民族形式的中心源泉。
>
> ……民族形式的中心源泉,实在于中国老百姓

---

① 陈伯达:《写在实味同志"文艺的民族形式短论"之后》,载《解放日报》,1942年7月3日。1939年2月16日的《新中华报》上发表了陈伯达《关于文艺的民族形式问题杂记》一文,王实味觉得不太对味,与陈伯达"商榷",陈不悦,王随即写了《文艺的民族形式短论》一文,准备与辩论,陈伯达索看了王的手稿后,急就洋洋万言的答复文章《写在实味同志'文艺的民族形式短论'之后》,写下17条意见,逐一反驳王的批评,并使出了置王于死地的"政治杀手锏",指王有"托派思想",处处上到"托派"的"纲"。

所习见常闻的自己作风与自己气派的民间形式之中。至于五四以来的新兴文艺形式,由于是缺乏口头告白性质的"畸形发展的都市的产物",是"大学教授,银行经理,舞女,政客以及其他小'布尔'的适切的形式"(黄绳先生在其《当前文艺运动的一个考察》中所评定),所以,在创造民族形式的起点上,只应置于副次的地位;即以大众现阶段的欣赏能力为基准,而分别的采入于民间形式中,以丰富民间形式自身。①

新文学是"以欧化东洋化的移植性形式代替中国作风与中国气派的畸形发展形式"。民族形式的中心源泉不可能是接受外来文化影响的"五四"启蒙文学,而是"广大为中国老百姓所习见常闻的自己作风与自己气派的民间形式"。向林冰还借用唯物辩证法,从"存在决定意识"的角度论证"喜闻乐见"应以"习见常闻"为基础,这是争取文艺大众化——通俗化的"根本前提"②。由于向林冰的理论触及"谁是中国当前文化正统"的原则问题,自然引起了新文学拥护者的一致反对。葛一虹就认为向林冰是在开文学发展历史的倒车,其泛起的是"新国粹主义"的沉渣。"我们并不否认我们的民族遗产中间多少些有助于我们完成民族形式的东西,但却不是'主导契机'或'中心源泉'"。无产阶级文化只能由"五四"新文化传统发展而来,不能倒退到旧民间文化基础之上。我们应"继续五四以来新文艺艰苦斗争的道路,坚决地站在已经获得的劳绩上,来完成表现我们新思想新感情的新形式——民族形式"③。在批判向林冰"民间形式中心源泉论"中,走得最远、表现最为激进的是胡风。

---

① 向林冰:《论"民族形式"的中心源泉》,载重庆《大公报》,1940年3月24日。
② 向林冰:《再论民族形式的中心源泉》,载重庆《新蜀报》副刊《蜀道》,1940年。
③ 葛一虹:《民族形式的中心源泉是在所谓"民间形式"吗?》,载《新蜀报》副刊《蜀道》,1940年4月10日。

作为"五四"新文艺传统代言人,胡风认为:"五四"新文化则是无产阶级兴起后"世界进步文学传统的一个新拓的支流",无产阶级文化只能从"五四"新文艺中继承发展,而不能倒退回旧民间文化的轨道上;"文艺史上每一新的思潮、新的形式底发生和繁盛没有不是和前一代底思潮、形式作过激烈的斗争","新的文艺要求和先它存在的形式截然异质的突起";与旧形式构成鲜明对照的是,新文艺不仅是进步的,而且是民族的,"创造民族形式"的同义语就是"发展新文艺"。① 葛一虹、胡风等人虽批评了向林冰在"利用旧形式"以及对待"五四"新文学问题上的错误观点,却又无视"旧形式"中的精华和新文学本身存在的缺点,对"旧形式"采取的基本上是全盘否定的态度。

站在新文学立场思考民族形式,批判向林冰观点的还有郭沫若、茅盾等人。他们一致认为不能"把民族形式理解为狭隘的民族主义的口号"②,"民族形式的中心源泉"只能是"现实生活"③。在"民族形式"问题的论争中,郭沫若、茅盾等人虽明确表示了不同意向林冰的观点,但也认为新文学存在着"未能切实地把握时代精神,反映现实生活"和"用意潜词的过于欧化"等弱点。总体来看,他们的意见相对葛一虹、胡风较中肯、辩证,并逐渐接触到问题的实质。由于郭沫若当时的特殊身份,他的《"民族形式"商兑》一文,作为一种结论被大多数作家接受下来。

这次论争在十几个城市,40余种报刊上展开,发表了约200篇文章与专著,有近百名作者参加了讨论,涉及从理论到创作的一系列重要问题,对于正确认识与解决战时文艺的民族

---

① 胡风:《论民族形式问题的提出和争点》,载《中苏文化》第7卷第5期,1940年10月25日。
② 茅盾:《旧形式、民间形式与民族形式》,载《中国文化》第2卷第1期,1940年9月25日。
③ 郭沫若:《"民族形式"商兑》,载重庆《大公报》,1940年6月9~10日。

化与大众化问题,起了积极的推动作用,对于创作实践也产生了积极的影响。但缺点也显而易见,诚如有些研究者所言,主要是重形式的讨论而忽视内容的意义,尤其是对于作家深入生活和改造思想在创造民族形式上的重要性认识不足。

在这场关于"民族形式"问题的讨论中,我们还发现周扬、艾思奇等人多次提及鲁迅作品,并极力推举鲁迅作品的民族特色及创作上取得的非凡成就,其目的显而易见,他们想借此为"民族形式"的讨论选择一个立论的依据,和为"民族形式"的创造提供一个具体可循的范本,并依此为尺度,来构建战时乃至未来中国文艺的现代民族形式的设想。但是,由于"民族形式"问题论争背景的内在设定性及特殊的战争背景,那些不为"大众所理解的作品"也就难以有"存在的权力",向林冰所代表的那样一种偏激观点,不但没有因为文艺界的普遍的诟病而消弭,反而在此基础上继续畸形发展,后来甚至被政治所利用。

三、战时文学民族化大众化的路径选择

无论是文艺"大众化"的讨论,还是"民族形式"的论争,部分知识分子(作家)对"五四"新文艺传统的质疑与否定,首先反对的都是"欧化"的语言和形式。瞿秋白在20世纪30年代开展的文艺大众化讨论中就曾指责"五四"新文学的欧化倾向,并开始提倡一种反欧化的、与阶级性紧密相关的"本土性"、"中国性"无产阶级大众化文学。在"民族形式"的论争中,他们皆通过对"民间形式"、"民族形式"的强调而排斥对西方现代文艺的学习与借鉴,客观上实现着对传统形式和内容的回归。这种对中国传统文化的认同,实质意味着对以个性主义为主体的现代意识和西方现代文化的否定。在有关"民族形式"的论争中,尽管有葛一虹、郭沫若、茅盾、潘梓年、胡风、周扬、王实味、何其芳等人极力为"五四"新文艺方向进行辩护,但政治意识形态的驱动和战时民族文化心理的左右,论争的天平还是倾向了民间形

式。这种理论具体落实到创作实践上则表现为：在语言上，追求通俗化、地方化，反对"五四"欧化语言；在题材上，一方面紧扣民族民主斗争的现实选材，另一方面，追求故事题材的"因袭性"；在结构上，采用"分章法"，追求首尾贯串；在叙述上，表现为"头路灵清"的有头有尾的叙述方法；①在描写上，多采用铺陈夸张手法；在体裁上，多选用传统的体式，也有不少应时的创制；在创作上，有的采取无名的集体创作形式；在思想情感上，则是有意迎合迁就大众，追求一种所谓的单纯、亲切和趣味性。

这些传统的、民间的文艺形式在当时的国统区、抗日根据地（解放区）被大量地复制着。大众喜闻乐见的传统文艺形式与灌注着民族民主革命思想情感的内容是这一时期文学创作的基本路径和价值取向，在不少作家的作品中也有所呈现。姚雪垠的小说《差半车麦秸》和《牛全德与红萝卜》率先在国统区小说创作中进行了民族化和大众化的成功尝试，以生动的口语、浓郁的乡土气息、颇富情趣的故事叙述取胜。在国统区，通俗文艺编刊社编辑出版的作品，老舍、张恨水等人的通俗文学创作，郭沫若、阳翰笙、欧阳予倩、阿英等的历史取材倾向，袁水拍的"民歌体"讽喻诗等，无论从形式到内容既有对传统的"因袭"，又有现代的创新。在根据地（解放区），群众性诗歌创作盛极一时，朗诵诗、街头诗、快板诗、枪杆诗不一而足；新民歌、说唱文学也曾大量涌现；李季、阮章竞的"民歌体"叙事诗影响较大；还有赵树理的"评书体"小说形式，柯蓝、马烽、西戎、孔厥、袁静等创制的"新英雄传奇"体式等。另外，抗日根据地（解放区）的新秧歌剧和传统戏曲改革也收效显著。新歌剧《白毛女》及其集体创作形式不仅在当时影响很大，而且还作为一种革命文学创作的经验延续到新中国成立以后的文艺创作中。文艺的"民族形式"论争是中国文学现代化道路的转折点，是个人主

---

① 光未然：《文艺的民族形式问题》，载《文学月报》第 1 卷第 5 期，1940 年 5 月 15 日。

义文艺向集体主义文艺转变的开始。

而从根本上完成文学民族化、大众化审美品格转换和最终的路径选择要在1942年,即毛泽东《在延安文艺座谈会上的讲话》(以下简称《讲话》)之后。我们知道当时毛泽东是以中共最高领导人身份谈文艺问题的,因而具有很强的政治价值取向和实践性特征。在《讲话》中,毛泽东把"农民如何享有文艺"问题放在中心位置加以论述,作家创作已经不是要不要抛弃"五四"新文艺传统的问题,而是要把思想情感全部转移到农民文化立场上来,要全面深入到工农兵群众火热的战斗生活中去的问题。毛泽东以马克思主义经典作家特别是列宁提出的"文学要为千千万万劳动人民服务"的思想为依据,阐述了革命文艺"为群众"和"如何为群众"的问题,其着眼点就是要解决革命文艺的方向问题①。

其实这两个问题也是新文学自诞生以来一直受到关注和试图解决的问题,只不过由于历史条件的不同,对"群众"内涵的解释有所不同,"如何为"的目标与路径也就不同。"五四"时期就提倡过"人的文学"、"平民文学",而"人的文学"目标是个性解放、人的解放;"平民文学"主要指突破贵族化圈子而表现普通人的文学,"平民"主要指城市小资产阶级及其知识分子。"左联"时期所推行的文艺大众化运动,其"大众"已比较具体,指的是广大普通民众,特别是下层民众。但关注点局限于语言和表现形式的通俗化。抗战时期"民族形式"的论争,也正是较多注意到如何以一般民众能接受的文艺方式来宣传动员群众。然而这些大多是作家、艺术家自上而下的启蒙式的文学变革,而不可能成为他们真正与民众的结合,并形成以民众为主体的文学运动。只有在抗日根据地(解放区)这种环境中,读者主体已经从一般文化人和小市民的相对狭小的范围,扩大为广大的

---

① 毛泽东:《在延安文艺座谈会上的讲话》,载《解放日报》,1943年10月19日。

普通民众（主要是农民），而且作家也有条件真正到群众中去，熟悉和了解普通群众的生活。正是在这样新的历史条件下，毛泽东把"为什么人的问题"说成是一个"根本的问题，原则的问题"，明确提出了文艺"首先是为工农兵服务"，即所谓的"工农兵方向"。它比一般讲大众化、平民化要具体得多，而且政治内涵非常突出，完全是就抗日根据地（解放区）的特殊历史条件而言，也即是考虑在无产阶级政党执政的环境中的文艺发展方向及具体路径选择。

由此我们可以看出，在毛泽东那里，"如何为"的问题已不是一般的写作形式和方法问题，主要是作家、艺术家的世界观和思想情感改造的问题。解决这一问题的途径就是与工农兵结合，"与工农兵的思想情感打成一片"。这是毛泽东作为无产阶级政治家，在特定的历史条件下，对解决延安当前文艺问题的政治功利化取向和强烈的实践性特征的表现。延安需要新的文学，需要属于人民和为人民服务的文学，这类文学在内容上必须以工农兵为中心，在形式上必须为工农兵喜闻乐见，在能够教育群众之前，必须满足他们的精神需要。

毛泽东的《讲话》是根据地（解放区）工农兵文学的政治纲领与行动纲领，它不仅在理论上提出了"工农兵方向"，在政策上规划了如何实施的步骤，而且还在思想意识形态方面解决了严重的小资产阶级思想倾向问题。文艺座谈会以后，《讲话》精神在根据地（解放区）得到彻底地贯彻实施。首先召开文艺座谈会进行思想上整顿；接着是组织上整顿，参加审干运动和抢救运动；再次是"下乡运动"，全体文学家艺术家统统下放到农村，解决文艺工作者与实际结合、文艺与工农兵结合的两大问题。具体措施是"鲁艺"首先整风，重点解决专门化和"关门提高"问题；中央研究院连续召开批判王实味的座谈会，彻底清除小资产阶级思想意识；《轻骑队》编委会改变编辑方针；"文抗"

宣布解散,其他文化团体、文化机关相继下乡,已"无存在之必要"。①

经过延安文艺界的整风,尤其是经过"审干运动"和"抢救运动"洗礼过的知识分子,他们大多接受了"野百合花事件"的经验教训,主动或被动地走进了农村,走上了前线,"文章下乡,文章入伍"成了延安文艺工作者介入社会的唯一方式。也就在他们走向民间、兵间的同时,用自己所获得的素材与灵感,开始了一种他们以前并不熟悉的新型艺术创作实践,并依此来践行毛泽东的"新文学"猜想。这种在《讲话》精神指引下的大规模文艺创作实践,使以通俗形式出现的工农兵文学成了根据地文艺的主流,涌现出一大批有影响的作家作品,创造了一系列新型的工农兵形象,这些作品对于鼓舞工农兵群众的革命斗志,宣传革命理想都起到了不可低估的作用。田间、李季等人的诗歌,王震之、贺敬之、王大化等人的戏剧,赵树理、丁玲、孙犁等人的小说,黄钢、华山、吴伯箫等人的报告文学与散文,以及更为轰轰烈烈的群众性文学活动将根据地(解放区)工农兵文学运动推进到一个新的发展阶段。可以说,《讲话》开辟了20世纪中国文学"写工农兵"的新时期。

"民族形式"的论争以及由此引发的诸多问题,皆是在抗日救国与建国需要对广大民众进行广泛有效的动员情形下展开的,战争和政治意识形态的需要最终左右了论争的进程和现代文学发展的方向。随着抗日战争结束和解放战争的胜利,毛泽东提出的文学的"工农兵方向"最终在全国范围内确立起来,它恰恰应验了鲁迅生前关于文艺"大众化"的实现"必须政治之力的帮助"的预言。② 今天,如果我们抛开特定的历史语境从宏观和深层意义上看,这些具体环境中产生的问题与争论,其实与现代中国的基本文化语境存在着密切的"精神血缘"关系,是在

---

① 凯丰:《关于文艺工作者下乡的问题》,载《解放日报》,1943年3月28日。
② 鲁迅:《文艺的大众化》,载《大众文艺》第2卷第2期,1930年3月1日。

特殊的时间、地点、特殊的时代政治条件下,以特殊的形式和问题重复了传统与现代、中国化与欧化(西化)、民族性与世界性这些历史文化难题,只要中华民族走向世界、走向现代化的历史过程没有结束,它们就不会退出历史的舞台。在当代中国刚刚进入改革开放的 20 世纪 80 年代,中国文坛上风行一时的文化"寻根"热潮便是一个最好的例证。

第三章　文学论争与文学的"工农兵方向"

文学的"大众化"和"民族形式"问题的大讨论是文艺界在新的历史时期,针对抗战的时代要求而产生的积极反应。这次讨论以民族救亡和民主运动为背景,以建立"新鲜活泼的,为中国老百姓所喜闻乐见的中国作风和中国气派"的文艺现代民族形式为旨归,是当时高涨的民族意识在文艺领域的生动体现。在问题的论争中大部分论者都坚持文艺的人民性和阶级性的原则,用他们的言行丰富和发展抗战时期"人民本位"的美学思想。论争虽然激烈,但在论争中存在的诸多分歧最终并没有得到一致的结论。尤其是对建立民族形式的最关键的要素:知识分子(作家)深入生活和改造思想问题仍未受到应有的重视,根据地文艺界在思想文化上也存在着类似的混乱情况。毛泽东根据当时国际国内的政治形势,结合根据地的政治、经济变革和思想、文化建设的现实需要,有针对性地开展了根据地文艺界的整风运动,发表了具有重大历史意义的《在延安文艺座谈会上的讲话》(以下简称《讲话》),明确地提出了文艺应"为革命的工农兵群众服务",即文艺"工农兵方向"这一根本的原则性问题,在文艺"大众化"和"民族形式"问题讨论的基础上,把我国"五四"以来的革命文艺又推向了一个更新更高的历史阶段。这里不仅涉及文学的主题内容、创作方法和语言形式,更关涉到文学服务的对象、创作主体的阶级立场和情感皈依等问题。

第一节　文学"工农兵方向"的理想
　　　　　期待与现实根据

一、毛泽东的"新文化"猜想与道德理想期待

　　文学"工农兵方向"的提出与毛泽东的"新文化"猜想和道德理想期待有着密不可分的关系。在毛泽东还没有走向中国政治舞台中心的时候,他也和许多政治家一样非常关注思想的解放及文化(文学)和民众的问题。这在他早年为《湘江评论》亲笔撰写的创刊宣言中已有所体现:

> 　　自"世界革命"的响声大倡:"人类解放"的运动猛进,从前吾人所不置疑的问题,所不遽取的方法,多所畏缩的说话,于今都要一改旧观,不疑者疑,不取者取,多畏缩者不畏缩了。这种潮流,任是什么力量,不能阻住。任是什么人物,不能不受他的软化。
> 　　世界什么问题最大?吃饭问题最大。什么力量最强?民众联合的力量最强。什么不要怕?天不要怕,鬼不要怕,死人不要怕,官僚不要怕,军阀不要怕,资本家不要怕。
> 　　自文艺复兴,思想解放,"人类应如何生活?"成了一个绝大的问题。从这个问题加以研究,就得了"应该那样生活"、"不应该这样生活"的结论。一些学者倡之,大多民众和之,就成功或将要成功许多方面的改革。
> 　　见于宗教方面,为"宗教改革",结果得了信教自由。见于文学方面,由贵族的文学,古典的文学,死形的文学,变为平民的文学,现代的文学,有生命的文学。见于政治方面,由独裁政治,变为代议政

治。由有限制的选举,变为没限制的选举。见于社会方面,由少数阶级专制的黑暗社会,变为全体人民自由发展的光明社会。见于教育方面,为平民教育主义。见于经济方面,为劳获平均主义。见于思想方面,为实验主义。见于国际方面,为国际同盟。

各种改革,一言蔽之,"由强权得自由"而已。各种对抗强权的根本主义,为"平民主义"(兑莫克拉西。一作民本主义,民主主义,庶民主义)。宗教的强权,文学的强权,政治的强权,丝毫没有存在的余地。都要借平民主义的高呼,将他打倒……①

在这篇创刊宣言中,毛泽东以磅礴的诗情,热烈地为"世界革命"欢呼,大力倡导"思想解放"和社会变革,纵情讴歌广大的人民群众。这时的毛泽东已从英雄史观中挣脱出来,开始认识到民众的力量,认为只有人民才是创造历史的动力,而不是他最初认为的圣贤、豪杰。他要借"平民主义的高呼",对抗一切强权,打倒一切强权。他这时的思想与高歌"庶民的胜利"的李大钊非常相似,深层中也潜含有民粹主义的成分。李大钊在1918年宣布自己是一个马克思主义者之后的第一个政治行动,就是热情号召他的学生及其追随者离开城市和大学"腐败的生活","到农村去","拿起锄和犁,成为辛勤劳动的农民的伙伴"。与此同时,在农村的"整个人生"里,用社会主义原则教育农民群众。②

此时的毛泽东清醒地认识到,当时世界上最大的问题是吃饭问题,世界上最强的力量是民众联合的力量。联合民众的目的就是为了推倒强权。虽然中国人民几千年来遭受压迫,羸弱不堪,但在毛泽东看来,这个落后的历史乃是现在和将来政治

---

① 毛泽东:《湘江评论·创刊宣言》,载《湘江评论》,1919年7月14日。
② [美]莫里斯·迈斯纳:《李大钊和中国马克思主义的开端》,纽约:哈佛大学出版社,1967年。

上的重大有利条件,因为"蓄之既久,其发必速"①。在这里,毛泽东同民粹主义者一样,对民众固有的潜力有一种特殊的信赖和期待。在1927年写的《湖南农民运动考察报告》中,毛泽东不仅把农民看作革命的民众基础,把自发的农民运动看作是一种基本的、强大的革命力量,而且把革命创造力和政治判断标准赋予了农民自己,"一切革命的党派、革命的同志,都将在他们面前受他们的检验而决定弃取"②。

但是,如何实现这一"平民主义"的理想,如何使农民运动由"自发"走向"自觉",在毛泽东看来,首先要建立一种新的文化,既后来所谓的"新民主主义文化",以此来号召和唤起民众,联合和组织民众起来革命,从而让被压迫者获得彻底的解放,即"由强权得自由"。这是毛泽东最初建立新文化的出发点。

要建立新文化,首先要批判旧文化,新文化虽然是个不明的"想象"之物,但旧文化确是清楚的,"不把这些东西打倒,什么新文化都建立不起来的"③。在这种具有"破坏"性质的意识形态支配下,凡是与"新文化"猜想格格不入的"旧文化",都在批判和打倒之列。值得注意的是,毛泽东对于"新文化"的阐释并不一定为民众所理解,他说:"所谓中华民族的新文化,就是新民主主义的文化","所谓新民主主义的文化,一句话,就是无产阶级领导的人民大众的反帝反封建的文化"。④ 这种武断式的文化变革,其内容是新民主主义、社会主义的,但形式却必须是民族的。对于没有文化的中国底层民众来说,要他们在理论上接受新民主主义和社会主义显然是困难的。这时,新文化的提出者为了让最广大的民众接受这一"猜想",在文化传播的过

---

① [美]斯图尔特·施拉姆:《毛泽东的政治思想》,纽约:普雷格出版社,1969年,第163页。
② 毛泽东:《毛泽东选集》第1卷,北京:人民出版社,1991年,第13页。
③ 毛泽东:《新民主主义论》,载《中国文化》创刊号,1940年1月。
④ 毛泽东:《新民主主义论》,载《中国文化》创刊号,1940年1月。

程中事实上进行了两次同步的"转译":首先是将抽象的理论"转译"为形象的文艺,同时将"五四"时期知识分子个人主义的"小资产阶级"的语言和感伤、浪漫、痛苦、迷茫的情调"转译"为老百姓喜闻乐见的语言和形式。因此,"新文化"又可以解释为"革命的民族文化",它是"新鲜活泼的,为中国老百姓所喜闻乐见的中国作风和中国气派"的文化。

在新文化的内涵被确定之后,一个重要的问题就是文化资源的问题:"这个问题对于中国的知识分子来说,在1930年代的民族危机中已经很迫切;他们对'古老'的精英文化和1920年代西方主义都抱有怀疑态度。他们带着现代性在中国的历史经验中寻求一种新的文化源泉;这种文化将会是中国的,因为它植根于中国的经验;但同时又是现代的,因为这一经验不可避免地是现代性的。不少人认为'人民'的文化特别是乡村人民的文化,为创造一种本土的现代文化提供了最佳希望。"① 这一资源后来衍生出了有关"新文化"的卓有成效的途径。在迈向这条道路的过程中,白毛女、小二黑、李有才、王贵与李香香、开荒的兄妹等,这些活泼健朗的中国农民形象,不仅第一次成为文艺作品的主人,重要的是,他们对于战时最广泛的民众动员起到了难以估量的作用。

毛泽东的新文化观念,正像后来有的研究者指出的那样,"对普通民众——他们绝大多数是贫困的,没有文化,受剥削和压迫——的价值观和愿望,怀有一种偏爱,显然是由于政治上的缘故。他认为,这些人,正是中国潜在的革命者"②。这的确是一种政治上的缘故,但是实现这一政治目标的内在动力,对

---

① [美]阿瑞夫·德里克:《现代主义和反现代主义——毛泽东的马克思主义》,见萧延中主编:《外国学者评毛泽东》第1卷,北京:中国工人出版社,1997年,第217~218页。
② [澳]王裘吾:《作为马克思主义者和中国人的毛泽东》,见萧延中主编:《外国学者评毛泽东》第1卷,北京:中国工人出版社,1997年,第139页。

于民众来说则是"偏爱"中蕴含的道德力量。在毛泽东处理现实和展望未来的所有表达中,他都毫不犹豫地站在了民众一边。他对民众运动的热情赞颂,对农民思想品质的想象性构造和倾心认同,都使知识分子相形见绌。而且,知识分子在"五四"时期建立起的"个人主义"在与农民的比照中,已经成为不可容忍的内部异己。当民众的精神和道德在毛泽东的想象中被成倍地放大直至近乎完美之后,对民众的精神和道德的追随,事实上也就被置换为对民众的想象和追随。在"十七年文学"经典作品中所塑造的可效仿的"典型人物",几乎无一不是农民,或者是农民出身的军人。他们纯粹、透明、乐观,充满了理想主义和英雄主义。这种"新文化"所期待的人物,在延安时期毛泽东自己的作品中,就有张思德、白求恩和愚公等。这些人物在毛泽东的热情赞颂和诗性表达中,显示了道德理想无可抗拒的巨大魅力:张思德是为人民的利益而死的,他的死比泰山还重;纪念白求恩,就是要学习他毫无自私自利之心的精神;而愚公挖山不止,坚忍不拔,充满了战胜自然的乐观精神等等,一起构成了道德理想的内涵。在《讲话》之后,在延安文学艺术领域,"新的人民文艺"也以人民群众喜闻乐见的形式,建构起了文化的道德理想的形象谱系。使之和民族的解放、民众的翻身事业紧密联系起来,共同完成理想中的民族国家的建构。

二、非无产阶级思想在延安文艺界的泛滥

抗战前夕的延安,是一个相当落后、闭塞的西北边区,自给自足的小农经济构成了当时最主要的生产方式,建立在这种落后的生产方式之上的是一整套封建、陈旧的意识形态与价值观念,当抗战的飓风把一大批接受过现代意识洗礼的知识分子席卷到延安这块"革命圣地"的时候,他们首先看到的便是小生产者的习惯势力与神圣抗战之间的惊人矛盾。当抗战进入到相持阶段后,一方面,国民政府加强了对陕甘宁边区的经济封锁,

另一方面,日本侵略者改变了战争策略,加强了对抗日根据地的进攻,延安的客观形势愈趋艰苦。抗战初期广大文艺工作者那壮怀激烈的亢奋情绪一度被某种程度上更深入沉潜、更艰苦琐碎的工作锤击着,他们中的不少人便逐渐对那种表面平凡的缺乏浪漫色彩的现状产生不满,于是种种小资产阶级知识分子的情调、趣味有所抬头,表现在小说创作上,便产生了如《在医院中》(丁玲)、《大角色》和《快乐的人》(舒群)等作品。在思想内容上,流贯其中的则是理想与现实的违拗,知识分子自我意识的强化,以及对小生产者蒙昧无知、狭隘保守思想陋习的批判;在主观情感上,则表现为个人与客观环境的对立情绪和隐隐的失望之感。在有些作品中,知识分子直接成为环境的批评者,再加上知识分子思想方法上的片面性,使得他们有时忘记了"根据地的文艺工作者和国民党统治区的文艺工作者的环境和任务的区别";个人主义、自由主义、平均主义等小资产阶级思想意识在根据地文艺工作者中逐渐弥漫开来。其中有些人本来就和工农存在着摩擦、对抗,这时就更加不满于根据地的现实,笼统地提出要"暴露"延安的"黑暗",以至于分不清敌我界限,甚至带着敌意的眼光来看待工农兵群众和工农兵干部。

当时,延安文艺界在思想上出现的混乱情况,绝非局限在某几个人的身上的问题,其表现程度和形态尽管不等,但大体上已带有一种普遍的倾向性。当时的文艺创作最能说明这一点。如丁玲的《我们需要杂文》、《三八节有感》,艾青的《了解作家,尊重作家》,罗烽的《还是杂文的时代》,王实味的《政治家·艺术家》,萧军的《论同志之"爱"与"耐"》等等。他们呼吁抗日根据地的知识分子(作家),要学习鲁迅"坚定的永远的面向着真理,为真理而敢说"的精神;要意识到"云雾不单盛产于重庆,这里(指延安,笔者注)也时常出现"①;更要知道"作家并不是百

---

① 罗烽:《还是杂文的时代》,载《解放日报》副刊《文艺》第 101 期,1942 年 3 月 12 日。

灵鸟,也不是专门唱歌娱乐人的歌妓"①;知识分子(作家)若要"更好地肩负起改造灵魂的伟大任务,首先针对着我们自己和我们的阵营进行工作",并"大胆地但适当地揭破一切肮脏和黑暗,清洗它们,这与歌颂光明同样重要,甚至更重要"②。在延安抗日根据地,与此相类的"小资产阶级自我表现",不只强烈地表现在那些所谓"暴露"延安的"黑暗"的作品中,也反映在数量甚多的歌颂"光明"的文艺创作中。他们喜欢将个别事实来代替现实的本质真实,一方面"比较地注重小资产阶级知识分子,分析他们的心理,着重表现他们,原谅并辩护他们的缺点"③,另一方面倾心于描写工农中的小人物,用玩味的态度来描写他们的缺点,甚至将他们"痛苦"和"委屈"的缘由归咎于革命组织等等。这里有历史和文学上的原因,但主要还是文艺工作者的思想感情问题。此外,与创作上的"小资产阶级自我表现"相联系的,还有文学艺术教育上的"关门提高"倾向。而提倡脱离实际的"正规化"和脱离群众的"提高",正是这种倾向的具体特征。其问题恰如毛泽东所说的"相当地或严重地轻视了普及和忽视了普及",实际上是单纯地学习和提高技巧,对古人和外国的东西不加批判地生搬和模仿,其出发点和落脚点都不是沿着工农兵的方向,而是提高到资产阶级和封建阶级的水准上去。提高的结果只能是为少数干部和知识分子所喜爱,无形中使文艺创作和群众拉开了距离。

思想上的某种混乱,创作上的"小资产阶级自我表现",教育上的"关门主义",以及某些刊物所表现出来的宗派主义情绪,所有这些都是发生在革命阵营内部的主要属于思想方面的矛盾,甚至也是在"五四"以来的革命文艺运动长期未能解决的

---

① 艾青:《了解作家,尊重作家》,载《解放日报》副刊《文艺》第100期,1942年3月11日。
② 王实味:《政治家·艺术家》,载《谷雨》第1卷第4期,1942年3月15日。
③ 毛泽东:《在延安文艺座谈会上的讲话》,载《解放日报》,1943年10月19日。

问题在新的条件下的集中暴露。当然不能忽视另外一种性质的问题,如王实味的《野百合花》、《政治家·艺术家》、《硬骨头与软骨头》等文章,其所表现出来的主体意识便是同整个抗日民主根据地的基本气氛相悖的。王实味等人的言论不只适合国民党反共政策的需要,问题的严重性在于他们甚至得到一部分共产党员作家的公然支持、附和,或者虽未在文字上明白呼应,但所写的作品却实际是属于或接近于这种倾向。这便是延安文艺界"需要在思想上整顿,需要开展一个无产阶级对非无产阶级的思想斗争"①的现实依据。

三、延安中共文艺方针政策的分歧

文学的"工农兵方向"也是中共党内两条文艺路线斗争的产物。延安文化界暴露出来的种种问题,其根子应在当时主持中央文委工作的中共中央总书记张闻天身上。他制订并执行的对待文化人的方针政策,与毛泽东用"新民主主义的文化"作为团结进步文化人的总目标是相背离的。二者的分歧在陕甘宁边区文化界救亡协会第一次代表大会上已初显端倪。在毛泽东发表《新民主义政治和新民主义文化》(后改题为《新民主主义论》)的讲话之前,张闻天作了题为《抗战以来中华民族的新文化运动与今后任务》的报告。其中第十三节对"文化人的特点"作了较为辩证的、合理的评价。此后,针对文化人的特点,张闻天又于1940年10月10日为中央宣传部、中央文化工作委员会起草了一份党内文件——《关于各抗日根据地文化人与文化团体的指示》,全文如下:

> 为了发展各抗日根据地的文化运动,正确地处理文化人与文化人团体的问题,实为当前的重要关

---

① 毛泽东:《在延按文艺座谈会上的讲话》,载《解放日报》,1943年10月19日。

键。为此,特提出下列各点:

(一)应该重视文化人,纠正党内一部分同志轻视、厌恶、猜疑文化人的落后心理。须知一个在社会上有相当地位、相当声望、能有一艺之长的文化人,其作品在对内对外上常常有很大的影响。

(二)应该用一切方法在精神上、物质上保障文化人写作的必要条件,使他们的才力能够充分的使用,使他们写作的积极性能够最大的发挥。须知爱好写作、要求写作,是文化人的特点。他们的作品,就是他们对于革命事业的最大贡献。

(三)党的领导机关,除一般的给予他们写作上的任务与方向外,力求避免对于他们写作上人为的限制与干涉。我们应该在实际上保证他们写作的充分自由。给文艺作家规定具体题目、规定政治内容、限时、限刻交卷的办法,是完全要不得的。

(四)对于文化人的作品,应采取严正的、批判的、但又是宽大的立场,力戒以政治口号与褊狭的公式去非难作者,尤其不能以讥笑怒骂的态度,我们一方面应正确地评价他们的作品,使他们的努力向着正确的方向,则鼓舞他们努力写作的积极性,不使他们因一时的失败,而灰心失望。

(五)估计到文化人生活习惯上的各种特点,特别对于新来的及非党的文化人,应更多地采取同情、诱导、帮助的方式去影响他们进步,使他们接近大众、接近现实、接近共产党、尊重革命秩序、服从革命纪律。共产党人应有足够的气量使自己能够同具有不完全同我们一样生活习惯的文化人,共同生活,共同工作。对于文化人生活习惯上的过高的、苛刻的要求,是不适当的。

（六）各种不同类的文化人（如小说家、戏剧家、音乐家、哲学家等），可以组织各种不同类型的文化团体，如文学研究会、戏剧协会、音乐协会、新哲学研究会等。这些团体亦可联合起来，成立文化界救亡协会之类的联合团体。但应该估计到这些团体同其他民众团体的不同性质，而定出它们的特殊任务。这些团体的任务，一般是：介绍、研究、出版、推广各种文化作品；吸收与培养各方面的文化人才；指导大众的各方面文化运动；联络文化人间的感情与保护他们切身的利益；组织文化人向各地的报纸杂志写稿；介绍并递寄他们的作品或译著到全国性大书局出版；向外面的及大后方的文化团体进行经常的联络。纠正有些地方把文化团体同其他群众团体一样看待及要他们担任一般群众工作的不适当的现象。

（七）上述各种文化团体，一般的只吸收文化人及一部分爱好文化的知识分子。它们的作用，不在数量之多，而在质量之好。它们也不必在各地建立自上而下的、系统的、普遍的组织。只有在文化人比较集中的中心地区，可以建立它们个别的分会。团体内部不必有很严格的组织生活与很多的会议，以保证文化人有充分研究的自由与写作的时间。

（八）文化人的最大要求，及对于文化人的最大鼓励，是他们的作品的发表。因此，我们应采取一切方法，如出版刊物、戏曲公演、公开讲演、展览会等，来发表他们的作品。同时发表他们的作品也即是推广文化运动的最主要的方式。

（九）各文化团体应该努力指导各学校、各机关、各部队、各民众团体的文化活动，帮助他们组织各种群众的文化小团体，如歌咏队、剧团、文学小组之类,并供给他们以指导者与研究材料,必要时可召集他们开一定形式的代表会或座谈会。但在组织系统上,这些群众的文化小团体不属于各文化团体,而各文化团体忙于日常的组织工作,而妨碍文化人基本任务的完成。

(十)在文化人比较集中的地区,应设立文化俱乐部一类的地方,以供给文化人集会与娱乐之用。此外,为了使作家们有创作的适当场所,可特设"创作之家"一类的住所,使他们能够沉静下来,从事他们的创作生活。

(十一)挑选对文化工作有兴趣的青年知识分子开办各种文化工作干部的学习或训练班,以培养新的文化工作干部。选择机关、部队中有文艺天才的"小鬼",给以长期的训练,亦甚重要。鼓励文化人去担任一定的教课工作,是必要的。

(十二)从有相当威信与地位的共产党员文化人或非党的文化干部中,培养一小部分在文化运动中能够担任组织工作的干部。他们自己虽是文化人,但他们的活动,应偏重于组织工作,而不是写作。没有这些文化组织工作者,文化人内部的很好团结、文化人及文化团体的效能的充分发挥是很困难的。现在各地文化运动中特别缺乏这类干部。

(十三)继续设法招集大批文化人到我们根据地来。必须使我们的根据地不但能够使他们安心于自己的工作,求得自己的进步,而且也是最能施展他们的天才的场所。①

---

① 鱼讯、王志学、叶增宽等编:《陕西省戏剧志·延安地区卷》附录2,西安:三秦出版社,1997年。

从这份文件来看,中共中央对文化人是相当重视和礼待的,政治上给予信任,创作上给予自由,生活上给予照顾。这与延安和各抗日根据地抗日工作急需知识分子有关,也与党的长远的战略部署有关。张闻天在阐述抗战以来中华民族新文化运动的任务时,强调新文化运动"应服从于抗战建国的政治目的"。即"要在文化上、思想意识上动员全国人民为抗战建国而奋斗;建立独立、自由、幸福的新中国,建立中华民族的新文化;以最后巩固新中国"①。在另一份党内指示中,张闻天从长远的战略高度,阐明了党的文化工作重要性:"它不但是当前抗战的武器,而且是思想上干部上准备未来变化与推动未来变化的武器。"②

张闻天在主持中央文委工作时,"鲁艺"在着手正规化、专门化的改革,其教育方针与教学目标都是围绕着团结与培养文学艺术的专门人才进行的。这个立意实际上变更了毛泽东牵头创办"鲁艺"的初衷,将原来"培养抗战的艺术工作干部"这个纯粹服从"不容稍缓"的抗战需要改为"适合抗战建国需要"。而毛泽东在《讲话》中将"普及与提高"这两项工作皆定位于服务工农兵这一基点之上的,否定了"鲁艺"的"关门提高"及培养"专门家"的倾向。在延安文艺整风运动中,他亲临"鲁艺"讲话,要"鲁艺"师生走出"小鲁艺",走到群众的实际斗争的"大鲁艺"中去,就像当年列宁劝高尔基走出彼得堡一样。这是党内两种思想——"长期性"与"实用性"在"鲁艺"问题上的交锋。

作为政治家的张闻天自然会感觉到毛泽东发动的整风运动和召开的文艺座谈会针对性所在。事实上,从1938年中共六届六中全会以后,张闻天便逐渐离开了中共中央的主要领导

---

① 张闻天:《抗战以来中华民族的新文化运动与今后任务》,载《解放》周刊第103期,1940年4月10日。
② 张闻天:《发展文化运动》,《张闻天文集》,北京:中央党史资料出版社,1990年。

岗位，开始从事党的理论建设、干部教育和宣传文化等方面的工作。1941年，中共中央做出关于开展调查研究的决定，张闻天率先响应党中央的号召，组织"延安农村调查团"，奔赴抗日前线的边区根据地，亲自进行农村调查。他于1942年1月从延安出发，先后到达神木、府谷、米脂、绥德和晋西北的兴县等地，一直到1943年3月才返回延安。从1943年4月22日，由中央党务研究室根据中央精神，通过电台向根据地领导机关发布的一则"党务广播"稿来看，延安文艺座谈会召开的背景就更加清晰了。"广播稿"是这样叙述从1940年1月陕甘宁边区文协第一次代表大会，到1942年5月毛泽东召集文艺座谈会这个阶段延安文艺界现状的：

> 在这一阶段内，在边区文协大会上，毛主席提出了新民主主义的文化，作为团结进步文化人的总目标。但是毛主席提出的这个方针，当时许多文化工作同志，并未深刻理解，文委亦未充分研究，使其变为实际。且强调了文化人的特点，对他们采取自由主义态度。加以当时大后方形势逆转，去前方困难，于是在延安集中了一大批文化人，脱离工作，脱离实际。加以国内政治环境的沉闷，物质条件困难的增长，某些文化人对革命认识的模糊观点，内奸破坏分子的暗中作祟，于是延安文化人中暴露出许多严重问题……为了清算这些偏向，中央特召开文艺座谈会，毛主席作了报告与结论，上述的这些问题都在毛泽东的结论中得到了解决。①

从1942年1月到1943年3月，在张闻天离开期间延安所发生的系列"政事"和"文事"中可以看出，张闻天的"出离"更多

---

① 《关于延安对文化人的工作的经验介绍》(1943年4月22日，党务广播)，见《延安整风运动》(资料选辑)，北京：中共中央党校出版社，1984年。

体现的是一种政治规避的态度和策略,目的是"为了不阻碍毛泽东整风方针的贯彻",而他则主动承担了造成延安文化界小资产阶级思想泛滥的领导责任。

第二节　延安文艺整风与文学"工农兵方向"的确立

一、《讲话》的发表与文学"工农兵方向"的提出

1942年5月2日至23日,中共中央在党内整风的基础上召开了延安文艺工作座谈会。座谈会期间开了三次全体会议,毛泽东出席了第一次和第三次会议,即5月2日亲临会场作开场白,5月23日作总结发言。由此可见,毛泽东对这次文艺座谈会是非常重视的。毛泽东在会上所做的长篇发言,后整理成文,以《在延安文艺座谈会上的讲话》(以下简称《讲话》)为题发表于1943年10月9日的《解放日报》。《讲话》从两个方面对中国未来的文坛做了规划:一是清理了斑斓驳杂和形态各异的现代文坛,对不同形态的文学做了正反价值的裁定;二是确立了革命文艺的宗主地位,使人民的文艺或工农兵文艺获得了正统出身。

我们知道,中国现代文坛最让人怀恋的是那种创作的自主姿态,是不同背景的作家,不同的创作风格,不同的文学见解都能够共生共存。尽管相互之间不乏论争,但基本上能彼此尊重。只是这种情形仅维持到1937年,此后峻急的"救亡"主题将所有的文学能量都聚集到"抗战"这一政治的战车上,那种背转身的自由主义文学、与抗战无关的文学、风花雪月的文学一概不受欢迎,更不用说那种为虎作伥的同谋文学(或称之为汉奸文学)了。但在毛泽东之前,还没有谁对这些文学做如此明确的价值裁决,直至取消它们存在的合法性。

《讲话》发表后,无论是在20世纪40年代,还是在新中国成立之后,一直是中共制订文艺政策指导文艺运动的根本方针,具有无可怀疑的权威性。在《讲话》中,毛泽东是以党的最高领导人身份谈文艺问题的,因而具有很强的政治价值取向和实践性特征。首先,他针对当时延安文艺界所面临的客观情况和诸多问题,高屋建瓴地从中抽出了两个中心问题:即从革命文艺"为群众"和"如何为"的问题展开阐述。毛泽东以马克思主义经典作家特别是列宁提出的"文学要为千千万万劳动人民服务"的思想为依据,具体地说明了"人民的文艺,第一是为工人的","第二是为农民的","第三是为武装起来的工人农民即八路军、新四军和其他人民武装队伍的","第四是为小资产阶级劳动群众和知识分子的",而"首先是为工农兵的"。其根本着眼点就是要解决革命文艺的方向问题。至于封建主义的文艺、资产阶级的文艺以及帝国主义的文艺,因为在"为什么人"这一原则问题上犯了致命的错误,理当排斥在主流文艺之外,它们不是为人民大众而是为剥削者和压迫者的,这种原则性的错误是为无产阶级政治所不能容忍的。而无产阶级的革命文艺对这一原则问题是否已经彻底解决了呢?在毛泽东看来目前还没有,只是接近于解决。接近于解决不等于完全的彻底解决。妨碍彻底解决的根源在于我们的同志都有某种程度的轻视工农兵、脱离群众的倾向,这是主观上的原因而不是客观的条件促成。因此,对知识分子(作家)进行思想改造成为克服这种倾向的首要条件。

其实,"为群众"和"如何为"的问题,也是新文学自诞生以来一直受到关注和试图解决的两个问题,只是由于历史条件的不同,对"群众"内涵的解释有所不同,"如何为"的目标与路径也就不同。"五四"时期就提倡过"人的文学"、"平民文学"。"人的文学"目标是个性解放、人的解放,"平民文学"主要指突破贵族化圈子而表现普通人的文学,这里的"平民"主要是指城市小资产阶级及其知识分子。"左联"时期所推行的文艺大众化运动,其"大众"已比较具体,指的是广大普通民众,特别是下层民众,但关注点局限于语言和表现形式的通俗化。抗战时期"民族形式"的论争,也正是较多注意到如何以一般民众能接受的文艺方式来宣传动员群众。所以,统而言之,这些大多是作家、艺术家自上而下的启蒙式的文学变革,而不可能成为他们真正与民众的结合,并形成以民众为主体的文学运动。只有在解放区这种环境中,读者主体已经从一般文化人和小市民的相对狭小的范围,扩大为广大的普通民众(主要是农民),而且作家也有条件真正到群众中去,熟悉和了解普通群众的生活。正是在这样的新的历史条件下,毛泽东把"为什么人的问题"说成是一个"根本的问题,原则的问题",明确提出了文艺"首先是为工农兵服务",然后才是为城市小资产阶级劳动群众和知识分子服务。毛泽东提出的所谓"工农兵方向",自然要比泛泛地讲大众化、平民化具体得多,而且政治内涵非常突出,完全是就解放区的特殊历史条件而言。推而广之,也是考虑在无产阶级政党执政的环境中文艺发展的方向问题。

可见,在毛泽东那里,"如何为"的问题已不是一般的写作形式和方法问题,主要是作家、艺术家的世界观和思想情感改造的问题。解决这一问题的途径就是与工农兵结合,"与工农兵的思想情感打成一片"。这是毛泽东作为无产阶级政治家,在特定的历史条件下,对解决延安当前文艺问题的政治功利化取向和强烈的实践性特征的表现。总之,一句话,延安需要新的文学,需要属于人民和为人民服务的文学,这类文学在内容上必须以工农兵为中心,在形式上必须为工农兵喜闻乐见,在能够教育群众之前,必须满足他们的精神需要。毛泽东正在为他的"新文化"猜想从文艺思想上做出了原则性的告示,现在他所期待的就是,在根据地的文艺实践中能够真正满足他的这一"猜想"的经典文艺作品出现。毛泽东的《讲话》及其所提出的文学的"工农兵方向",为"左翼"文学倡导的文艺大众化运动在新的历史阶段的发展指明了方向,它不仅影响到日后的解放区文学,而且也预示了1949年后"十七年文学"发展的方向。可以说,《讲话》开辟了20世纪中国文学"写工农兵"的新时期。

二、文艺整风运动与《讲话》政策化的实施

毛泽东的《讲话》是解放区工农兵文学的政治纲领与行动纲领,它不仅在理论上提出了"工农兵方向",在政策上规划了如何实施的步骤,而且还在思想意识形态方面解决了严重的小资产阶级思想倾向的问题。延安召开文艺座谈会的目的,就是要配合整风解决文艺界的思想作风问题。

《讲话》精神的政策化实施,首先是通过思想上的整顿。我们知道,《讲话》承担的一个重要任务,是带领全党和延安文艺界"展开一个无产阶级对非无产阶级的思想斗争"。毛泽东认为,在延安知识分子中间存在着严重的思想混乱、立场不清的现象:一是不大清楚无产阶级和小资产阶级的区别;一是不大能真正区别革命根据地和国民党统治区。这些问题的症结在于,他们"坚持个人主义的小资产阶级立场","灵魂深处还是一个小资产阶级知识分子的王国"。毛泽东严厉地剖析其病症,概括起来主要是:他们只在知识分子的队伍中找朋友,把自己的注意力放在研究和描写知识分子上面,且把自己的创作当作小资产阶级的自我表现。他们中间存在着"某种程度上的轻视工农兵、脱离群众的倾向"。克服这些错误倾向的具体途径是:"学习马克思主义和学习社会",即学习"在群众生活、群众斗争里实际发生作用的活的马克思主义"。在《讲话》中,毛泽东是把小资产阶级作家思想改造问题与社会生活源泉问题联结在一起,旨在解决无产阶级革命文艺发展的根本问题,即为工农兵服务的问题。

其次,是组织上的整顿。一是将文艺实践以规范化与政策

化。文艺座谈会以后,中共中央在具体贯彻执行毛泽东《讲话》精神时,把"写光明写黑暗的问题"定为"是一个政治性质的问题,也是文艺上的一个根本问题"。同时,把文艺工作者"学习马列主义,学习实际的政治"也看作是"文艺要服务于政治、服务于群众的意见"的严肃政治问题,党的文艺工作者必须无条件服从。① 1943 年 11 月 8 日,中共中央宣传部颁布的《关于执政党的文艺政策的决定》中指出:《讲话》"规定了党对于现阶段中国文艺运动的基本方针",并强调应把它当作"是解放人生观与方法论问题的教育材料"。在这个决定中,对文艺新闻工作做出了硬性规定:演出"与战争完全无关的大型话剧和宣传封建秩序的旧剧"是"一种错误",应该"停止或改造其内容";报纸"轻视新闻"或"敷衍从事,满足于浮光掠影的宣传的态度,应该纠正"。这是党禁文艺新闻的先例。二是将文化部门管理以集中化和制度化。1942 年 3 月 2 日,中央书记处办公厅下发中央政治局改造党校的决定,将原有的中央部级机构"党校管理委员会"撤销,确立党校直属于中央书记处,其政治指导由毛泽东亲自负责,组织指导由任弼时负责。3 月 16 日,中央宣传部下发改造党报的通知,社长博古及《文艺》副刊主编丁玲引咎辞职。3 月 18 日,中央书记处办公厅发布党务广播条例,规定了广播的播送、收听与广播文件使用的范围。4 月 15 日,中央书记处直接下发《关于统一延安出版工作的通知》,由中央出版局指导、中央宣传部负责统一审查。10 月 28 日,中央书记处发布关于报纸通讯社工作指示,强调党组织对于新闻机构的指导职责。② 至此,中共完成了对文化部门集中化和制度化的管理。三是对知识分子要求大众化和革命化。第一个办法是整风,先召开文艺座谈会进行思想上整顿;再接着是组织上整顿,参加

---

① 陈云:《关于党的文艺工作者的两个倾向问题》,载《解放日报》,1943 年 3 月 29 日。
② 李书磊:《1942:走向民间》,济南:山东教育出版社,1998 年,第 181、183 页。

审干运动和抢救运动。第二个办法则是"下乡运动",即全体文学家艺术家统统下放到农村,解决文艺工作者与实际结合、文艺与工农兵结合的两大问题。① 与此同时,对于其他一些知识分子较集中的地方也相继采取了类似的、有力的组织措施。

"鲁艺"首先整风,重点解决"专门化"和"关门提高"问题。在整风运动中,周扬做了题为《艺术教育的改造问题》的检讨。文中,周扬坦承"鲁艺的教育和实际脱节的现象是很严重的,这现象并不是个别的,偶然的,而是贯串于从教育方针到每一具体实施的全部教学的过程中,这是根本方针上的错误。'关着门提高'五个字出色地概括了方针错误的全部内容"。对"鲁艺"今后如何改造的问题,周扬宣布了"八条"具体措施,终止了"鲁艺"的改革。② "鲁艺"编译处处长周立波和文学系主任何其芳分别发表题为《后悔与前瞻》、《改造自己,改造艺术》的检讨文章;《草叶》编辑部召开了"改变作风"的检讨座谈会;中央研究院连续召开批判王实味的座谈会;《轻骑队》编委会表示改变编辑方针;"文抗"全体文化人到中央党校第三部参加整风学习,随后全部下乡,"文抗"被解散。其他文化团体、文化机关相继以下乡而宣告"无存在之必要"。

在《讲话》这块试金石面前,被称为灵魂"脏的"、"不干净的"知识分子,纷纷表示愿意"脱胎换骨"、"洗心革面"。何其芳说:"整风以后,才猛然惊醒,才知道自己原来像那种外国神话里的半人半马的怪物,一半是无产阶级,一半甚至一多半是小资产阶级。"③周立波也表示要痛改前非,要割掉小资产阶级的尾巴,要清除书本子的流毒,住到群众中去"脱胎换骨"④。何其芳、周立波诚恳的检讨代表着经历过整风,特别是"审干运动"

---

① 凯丰:《关于文艺工作者下乡的问题》,载《解放日报》,1943年3月28日。
② 周扬:《艺术教育的改造问题》,载《解放日报》,1942年9月9日。
③ 何其芳:《改造自己,改造艺术》,载《解放日报》,1943年4月3日。
④ 周立波:《后悔与前瞻》,载《解放日报》,1943年4月3日。

和"抢救运动"的延安绝大多数文学家、艺术家的心声,愿意把自己的立足点彻底转移到工农兵这一边来。即使像王实味在听到开除他党籍的宣布时,跪在地上请求党能允许他留在党内,表示他愿意认错认罪。颇有意味的是延安文艺界两位领军人物——周扬、丁玲的表态,足以见出在《讲话》精神的感召和党纪党规的威慑下,知识分子微妙而复杂的心态变化。

周扬本人也是整风的主要对象。他的幡然悔改体现在——以积极的斗争捍卫《讲话》,企图以此来弥补己过。发表在《解放日报》上的长篇文章——《王实味的文艺观与我们的文艺观》,在立论上颇具匠心,该文以"我们"为正方,以被称之"为反革命服务"的王实味为反方,并对其展开了针锋相对的批驳。在周扬看来,王实味的文艺观主要体现在两个方面:一是对文艺的本质认识问题;一是艺术与政治的关系问题。在对文艺的本质认识上,"一种认为文艺是反映阶级斗争的(在阶级社会中),另一种认为文艺是表现一般的人性,这就是文艺与文艺批评上马克思主义方法与非马克思主义方法的分水岭";王实味为艺术规定的任务是"揭破肮脏黑暗,指示纯洁光明",这是他"从超阶级的人性论出发"的,把人看成是一个抽象的"人",而不是一个社会的"人",其剥除了"具体的时代内容与阶级性质",是"有意提倡托洛茨基的、也是一般资产阶级历来用以骗人的捕风捉影的抽象概念";"我们"的标准和王实味是不同的,"我们"是从马列主义的阶级论出发的。至于艺术与政治的关系问题,王实味完完全全是站在托洛茨基的观点上,"把艺术与政治分开而且对立起来","他不但丝毫没有艺术服从政治的观念,而且给了政治应受艺术指导的相反的暗示","我们"和王实味在文艺问题上的一切分歧,都可以归结为一个核心问题,即"艺术应不应当为大众";托洛茨基王实味之流,"他们"对大众完全是一种"贵族式的轻蔑的态度","他们"之所以把艺术与政治分离,实质上就是把"艺术与大众分离","我们"要遵守文学上的列宁主义原则,"文学应当成为党的文学","我们"要响应毛泽东同志在延安文艺座谈会上的号召,"文艺应当为大众",这就是"我们"在文学艺术上的根本立场、观点和方针。①

从上述言论中可以看出,这种二元对立的战争思维模式在周扬身上有了较为充分的体现。周扬是旗帜鲜明地站在"我们"的正方的立场上,较为全面地阐述毛泽东《讲话》的基本精神与主要观点,并在阐述中变被动为主动,将王实味之流,也即"他们"批驳得体无完肤,甚至不惜上纲上线,其用心可谓良苦。1943年春天,延安掀起的如火如荼的秧歌运动,是"鲁艺"根据毛泽东指示,走出"小鲁艺"奔向"大鲁艺"所结出的硕果。周扬还写了《表现新的群众的时代》一文,激情洋溢地赞誉秧歌运动,认为秧歌"已经成了广泛而热烈的群众的艺术运动","成为新文艺运动的一支生力军","完全证明了毛主席在文艺座谈会讲话中所指示的文艺新方向的绝对正确"。② 1944年,周扬编辑出版了《马克思主义与艺术》一书。贯彻全书的一个中心思想就是毛泽东指示的"文艺从群众中来,必须到群众中去"。在编辑体例上,他把毛泽东文艺思想与马克思、恩格斯、列宁、斯大林等人以并列的编排形式,首次展现在延安公开出版物上。周扬还在该书的《序言》中宣称:《讲话》"给革命文艺指示了新方向,这个讲话是中国革命文学史、思想史上的一个划时代的文献,是马克思主义文艺科学与文艺政策的最通俗化、具体化的一个概括,因此又是马克思主义文艺科学与文艺政策的最好的课文"③。此举,奠定了周扬在党内的毛泽东文艺思想权威阐释人的地位。

---

① 周扬:《王实味的文艺观与我们的文艺观》,载《解放日报》,1942年7月28~29日。

② 周扬:《表现新的群众的时代——看了春节秧歌之后》,载《解放日报》,1944年3月21日。

③ 周扬:《马克思主义与艺术》,上海:大众书店,1964年,第1页。

丁玲领导的"文抗"与主编的《解放日报》《文艺》副刊成为文艺界后期整风的重点。在中央研究院批判王实味座谈会上，丁玲作了题为《文艺界对王实味应有的态度和反省》的即席发言，着重检查了她主编的《解放日报》"文艺"栏发表王实味《野百合花》的错误。她说："这错误不只是由于我一时的粗心，而是与那时的编辑方针有关"，表示"我永远不忘记这错误，我要时时记住作为自己的警惕"。丁玲还检查了她发表在《解放日报》的《三八节有感》一文，"没有站在全党的立场说话"。文艺界整风运动，特别是"审干运动"对于丁玲来说震撼力是异常巨大的，她主动将自己钉在耻辱柱上。她坦言："既然是一个投降者，从那一个阶级投降到这一个阶级来，就必须信任，看重他们，而把自己的甲胄缴纳。"①并且还说"这里一定会有个别落后的人，和不合理的事情，宽容些看他们，同情他们，因为这都是几千年来统治者给予的压迫而得来的"，公开认同毛泽东在《讲话》中的意见。

此外，张庚在《论边区剧运和戏剧的技术教育》中，也检查了戏剧运动与戏剧教育"专门讲究技术"，脱离现实内容，脱离实际政治任务来谈技术的倾向，指出当时追求"演大戏"是没有摆正普及与提高的关系，而是"朝着一个旧传统的既成目标往上爬"。他还谈到过去学习技术没有考虑很好为革命内容服务，学习古典的和外国的文学遗产没有很好地批判继承，有人单纯追求学习托尔斯泰的宗教"悲剧气氛"等等，这些都是确实存在和必须解决的问题。②何其芳在《论文学教育》里也检查和反省了"鲁艺"文学系过去脱离现实的倾向，对于今后应该培养什么人才并如何培养，对待文学应抱什么态度，以及课程、教学

---

① 丁玲：《文艺界对王实味应有的态度和反省》，解《解放日报》，1942年6月16日。
② 张庚：《论边区剧运和戏剧的技术教育》，载《解放日报》，1942年9月11、12日。

的安排等提出了积极的意见。① 冯牧发表了《关于写熟悉题材一解》,有分析地批评了那种单纯提倡"写熟悉题材"的论点,认为片面强调这种说法"常有可能把自己的创作方向引导到一个狭窄的甚至错误的道路上去的"②。革命文艺队伍内部的批评和自我批评,促进了文艺工作者思想水平和理论水平的提高,从一个重要方面反映了当时延安文艺整风取得的收获。

延安文艺界整风和思想斗争运动的胜利,对知识分子世界观的改造和革命文艺的发展,起了巨大的推动作用。知识分子在同工农兵结合的道路上,在改造客观世界的同时,也改造了他们自己。

三、"工农兵方向"上的延安文学实践

经过延安文艺界的整风,毛泽东的《讲话》精神在根据地得到彻底的接受、贯彻和实施。尤其是经过"审干运动"和"抢救运动"洗礼过的知识分子,他们大多接受了"野百合花事件"的经验教训,主动或被动地走进了农村,走上了前线,"文章下乡,文章入伍"成了延安文艺工作者介入社会的唯一方式。也就在他们走向民间、部队的同时,用自己所获得的素材与灵感,开始了一种他们以前并不熟悉的新型艺术创作实践,并依此来践行毛泽东的"新文化"猜想。虽然各根据地的文学发展在实力、成就等方面呈现出不平衡的特征,但指导思想是一致的,并在此基础上形成了高度统一的创作倾向。这种在《讲话》精神指引下的大规模文艺创作实践,使以通俗形式出现的工农兵文学成了根据地文艺的主流,涌现出一大批有影响的作家作品,创造了一系列新型的工农兵形象。这些作品不仅对于鼓舞工农兵群众的革命斗志,宣传革命理想起到了不可低估的作用,而且和过去相比较,一是数量多,二是从内容到形式都发生了深刻

---

① 何其芳:《论文学教育》,载《解放日报》,1942年10月16~17日。
② 冯牧:《关于写熟悉题材一解》,载《解放日报》,1942年8月22、24日。

变化。

首先,表现在民族的、阶级的斗争与劳动生产成为作品中压倒一切的主题。反映解放区文艺创作实绩的《中国人民文艺丛书》,共选入了177篇作品。据周扬统计:"写抗日战争、人民解放战争(包括群众的各种形式的对敌斗争),与人民军队(军队作风、军民关系等)的,一〇一篇。写农村土地斗争及其他各种反封建斗争(包括减租、复仇清算、土地改革,以及反封建迷信、文盲、不卫生、婚姻不自由等)的,四一篇。写工业农业生产的,一六篇。写历史题材(主要是陕北土地革命时期故事)的,七篇。其他(如写干部作风等),一二篇。"①其中,有许多作品是成功或比较成功的。如赵树理的小说《小二黑结婚》、《李有才板话》、《李家庄的变迁》,邵子南的《地雷阵》,马健翎的新秦腔《血泪仇》、《穷人恨》,贺敬之等集体创作的新歌剧《白毛女》,战斗剧社的《刘胡兰》,李季的长篇叙事诗《王贵与李香香》等更是在群众中产生过巨大影响和发挥过重要作用。这些作品通过对民族的、阶级的斗争以及劳动生产题材的描写,生动地反映了我国民主革命时期人民群众的生活和斗争。题材和主题的变化,表明文艺创作的发展;而以上新的题材和新的主题的涌现,表明了作家有了鲜明的革命立场和观点。

其次,随着新的主题的出现,工农兵群众在作品中如同在实际生活中一样取得了真正主人公的地位。《讲话》以后的许多优秀作品,无不是以劳动人民作为主人公。小二黑和李有才、喜儿和刘胡兰、王贵与李香香,都从不同角度写了新的一代农民的成长。他们不再像过去那样在作家笔下是被侮辱与被损害的形象,即便是白毛女这样一个受尽地主压迫和摧残的人物,也表现了劳动人民坚决的斗争精神,充满了劳动人民要活下去、要报阶级仇的坚强意志。他们真正作为社会发展的推动

---

① 周扬:《新的人民的文艺》,见《中华全国文学艺术作者代表大会纪念文集》,北京:新华书店,1949年,第70、71页。

力量出现在作品之中,作为被歌颂的对象来加以描写。这些作品有力地表明了这些在旧社会受剥削和压迫的小人物,一旦获得了解放,他们的聪明才智就会放射出耀眼的光辉。自然,他们不是"神",而是现实生活中的真实的人,是在革命斗争的锻炼和考验中成长起来的,他们的可贵之处在于来自群众,又代表群众。一般说来,作家们对这一点的把握是比较好的,在塑造这些人物形象时,有的虽然表现了革命的浪漫主义和理想主义,更多的还是遵循了严格的现实主义,因此,作品的主人公大都可信可亲,少有人为拔高之嫌。

延安知识分子(作家)在"工农兵方向"上的文学实践,还表现在运用群众所喜闻乐见的形式和大众化的语言方面,和自己民族、民间的文艺传统保持了密切的血肉关系。劳动人民不仅创造了物质财富,而且创造了许许多多的精神财富,像秧歌、戏曲、民歌、小调、快板等等,这就为作家创造新鲜活泼的、人民群众喜闻乐见的、中国作风和中国气派的文艺提供了有利的条件。比如新秧歌就是学习边区民歌和民间秧歌的结果。新歌剧《白毛女》也是在群众秧歌运动基础上发展起来的民族形式的歌剧,它取材于晋察冀边区的民间传说,采用北方农民朴素生动的口语和富有民歌风味的唱词,吸收民族戏曲和民歌的曲调,形成了鲜明的民族气派和风格。长诗《王贵与李香香》更是直接用陕北民歌《信天游》的形式创作的,两句一组,音节自然和谐,语言质朴,清新流畅,读起来朗朗上口,富有形象性。小说方面,有些作品直接用了人民群众熟悉的章回体形式,而像赵树理这样优秀的人民艺术家,虽然不直接用章回体,但他的小说语言通俗,情节曲折,故事有头有尾,人物描写生动自然,也都是吸取了古典小说和民间说书艺术的传统特点,具有浓厚的民族色彩。

而在其他方面,诸如田间等人的诗歌,王震之、王大化等人的戏剧,孙犁等人的小说,黄钢、华山、吴伯箫等人的报告文学与散文,以及更为轰轰烈烈的群众性文学活动将根据地(解放区)工农兵文学运动推进到一个新的发展阶段。

在这中间,最好地体现了毛泽东的《讲话》精神,并最能代表延安文学创作风尚的自然要数赵树理的创作。笔者认为,在延安工农兵文学最初的创作道路上,赵树理无疑是一个勇猛开路的先锋。他是凭着他的本色在写作,具有别人难以比拟的那种自然纯朴之气。赵树理是革命文学期待已久的一个新起点,所有此前的革命文学都依然是在"五四"的影响下发展,那是在资产阶级启蒙思想,在城市知识分子的精神之乡演绎的革命神话;只有赵树理的出现,革命文学才第一次获得了它的本真性的起点。革命文学在乡村、在最贫瘠的土地上,找到了最坚实的根基。当然,赵树理依然是特定时期的特定象征。革命文学的起点一直就是一个可疑的动态之点,赵树理论证了毛泽东的"文学艺术来源于生活"这样一个真理。所有的作家艺术家都与书本知识,都与知识传统脱不了干系,只有树理赵才具有纯粹性,具有生活本身的纯粹性;只有他才构建了一个起源性的新的神话。从《小二黑结婚》、《李有才板话》到《李家庄的变迁》,民族性、大众性与艺术性的较完美结合使得现代性的中国文学终于从资本主义的城市中心,转向了乡村,革命文学因此获得了全新的时间和空间。至于作品语言的大众化,赵树理更是其中的优秀代表。"在他的作品中那么熟练地丰富地运用了群众的语言,显示了他的口语化的卓越的能力;不但在人物对话上,而且在一般叙述的描写上,都是口语化的。在他的作品中,我们可以看出和中国固有小说传统的深刻联系;他在表现方法上,特别是语言形式上吸取了中国旧小说的许多长处。但是他所创造出来的绝不是旧形式,而是真正的新形式,民族新形式。他的语言是群众的活的语言。他在文学创作上,不是墨守成规者,而是革新家,创造家"①。周扬对赵树理的文学创作的评价应当说是准确和恰当的。在延安文艺界,"赵树理方向"的提出与倡导,在今天看来,也是情理之中的事。因为,在当时的延安和各抗日根据地,中国共产党所进行的各种活动,实质上是一场以农民为主体的社会变革运动,它所依靠的主要对象是农民,以及刚刚由农民转化而来的士兵。所以说,在当时的延安及各抗日根据地,并不欢迎像丁玲那样的以现代观念写出的《在医院中》,而是非常需要像《白毛女》那样是非、善恶极其鲜明的反映阶级翻身解放的作品。这是由当时革命的性质、特点所决定的。赵树理的出现可谓是恰逢其时,他虽然缺乏鲁迅那样的深刻和博大,但是,他依据自己所熟悉的农村生活和一定程度上对"五四"新文化的接受,使他能在一个较浅的层次上(主要是道德评判方面)对"农民性"中的善恶、好坏、是非做出迅速的判断。如《小二黑结婚》中对三仙姑、二诸葛的讽刺的描写,《李有才板话》中恶霸地主和旧式农民老秦等人对革命事业的危害,《李家庄的变迁》中对农民肩负革命历史重任的担心和忧虑,《邪不压正》中对地主狗腿子小旦混入革命队伍后继续为非作歹的罪行的揭露等等,都表现了赵树理匡扶正气、针砭邪恶的创作思想。这些思想对于巩固抗日根据地,帮助与教育翻身农民,树立与人民政权相适应的新型农民观,无疑将产生积极的社会效果。

但是,若从另一种更深层的角度观察,又不难发现他的作品中的思想特色仍处于低级的、农民化的层次。《李有才板话》中,作者为我们揭示出阎家山农民不能得到真正翻身的关键在于,负责领导工作的章工作员犯了主观主义的错误,脱离群众,因而不能贯彻党的阶级路线。而县农会主席老杨来了之后,三天时间就斗倒了地主,根本改变了阎家山的面貌。至此,我们

---

① 周扬:《论赵树理的创作》,载《解放日报》,1946年8月26日。

不禁要问,社会的变革是取决于某一个人的才能,还是取决于集体的力量呢?同样,在《小二黑结婚》中也存在类似的缺陷,作品中所有的矛盾都是在区长的英明裁决之后才得以解决。这个象征意义上的"区长",其实就是《李有才板话》中的县农会主席老杨,在这里,较严重地暴露出了赵树理的文化心理中仍然还残留着的封建的"青天"思想。赵树理一方面批判他所能认识到的社会中的邪恶方面,同时另一方面,在他的作品中还继续保留了一定程度的封建毒素。他的"农民化的知识分子"的思想起点,正是最好地体现了时代对农民文化选择的要求。然而,随着时代的变化和社会的变迁,文学的规范也在随着社会情境的变化而在不断调适之中。延安时期,一直被人们赞美的"赵树理方向"在新中国成立后不断受到挑战和质疑,也就成了理所当然的事,后文对此有所论述。

而丁玲的《太阳照在桑干河上》是毛泽东的《讲话》发表之后,在解放区出版的最有分量的长篇小说,是毛泽东的文艺思想与中国革命实践在文学艺术作品中的直接而生动的反映。小说从阶级斗争的角度来表现土改这一历史巨变的戏剧化过程,写出了不同的人物在这场革命中的命运遭遇,既揭示了地主阶级在革命来临时表现出的自以为是的聪明、极度绝望与极端恐惧的情绪,同时又再现了贫苦农民对翻身的急切渴望和苦大仇深的恨的心理。丁玲的《太阳照在桑干河上》正是在毛泽东《讲话》精神的指导下所进行的文学实践,并创造了解放区工农兵文学的成功的美学范例。也就是说,新中国的社会主义现实主义文学,其主题内容、叙事模式、人物形象的塑造方式、情感的本质特征等等,在这个时候已经呈现出较为成熟的形态和范型。其基本内涵可概括为以下五个层面:(一)社会政治运动和中心事件成为表现的中心;(二)"全知"的权威叙事模式;(三)阶级斗争的关系决定了小说人物形象的典型性特征;(四)启蒙主义的"爱",在革命文艺中转化为阶级的"恨",革命文艺的情感本质就是"恨";(五)革命成功与革命暴力的快感。如小说《太阳照在桑干河上》的高潮部分,写了斗争钱文贵的场面。这个场面是作为革命的高潮与成功来表现,它在当时无疑是诉诸快感,是大快人心的阶级斗争最早的象征仪式。

赵树理的革命文学乡村起源性神话与丁玲为代表的解放区经典作品所创造的美学范例,为此后的工农兵文学经典的再生产确立了方向,也成为"十七年文学"创作上的基本"范式"。

第三节 《讲话》的传播与"方向"的维护

一、《讲话》精神的传播与解放区文艺作品的推介

在中国现代革命中,民众不仅仅是一种变革社会的力量,而且还成了一种意识形态或文化诠释与建构的主体性存在,新的国家政治不惜动用一切力量来打造民众的崭新形象。

文艺座谈会之后,根据地"文艺界在思想上和行动上的步调渐渐趋于一致","毛泽东同志所指出的为工农兵方向成为众所归趋的道路"。① 工农群众以正面姿态开始进入解放区文艺作品中。但更具象征意义的则是解放区文学经验向国统区的二度输入。第一次是在《讲话》之后,中共中央派何其芳等人入川,宣讲《讲话》精神,由于胡风等人的抵制,那次输入的效果不够理想。第二次输入在国统区同样遇到了相当大的阻力,"左翼"文化工作者因此想到要用思想斗争和理论批判来为其开道。创刊于1948年3月的《大众文艺丛刊》,即被定位成斗争与批判的"主阵地"。我们从邵荃麟执笔的《对于当前文艺运动的意见——检讨、批判和今后的方向》一文中可以管见。邵荃麟等人认为:在国统区文艺运动中"缺乏一个以工农阶级意识

---

① 艾思奇:《从春节宣传看文艺的新方向》,载《解放日报》,1943年4月25日。

为领导的强旺思想主流,缺乏这种思想的组织力量",致使"这十年来我们的文艺运动是处在一种右倾状态中"。究其原因,"主要即是由于个人主义意识和思想代替了群众的意识和集体主义的思想"。为了扭转这种"右倾状态",《大众文艺丛刊》要责无旁贷地承担起重建思想与文化(包括文学)秩序的重任。首先要明确的是,今天文艺运动的性质是"新民主主义的文艺",是"以无产阶级思想和马列主义艺术观作为领导的,主要为工农兵服务的,以彻底反帝反封建为内容的文艺";在作家思想的改造上,"应该坚决承认文艺服从政治的原则,承认文艺的阶级性和党派性,反对艺术独立于政治的观念";在文艺批评上,"一切都以群众利益为依归";在创作实践上,坚持革命现实主义和革命浪漫主义结合,作者"不仅要把握今天的革命形势,而且能够照亮明天革命的发展";在文艺统一战线的巩固与扩大上,"必须要放在广大群众基础之上",必须纠正过去那种"右倾的统一战线观念",必须避免"左联"时期所犯的"关门主义"的错误;在思想斗争中,"要无情地加以打击和揭露的是那各种反动的文艺思想倾向";在文艺大众化方面,要坚持"在普及基础上的提高,和在提高的指导下的普及"这一文艺大众化的基本方针。①

《大众文艺丛刊》并不是一个平常的刊物,据林默涵回忆说:"(当时)领导文艺工作的,是党的文委,由冯乃超负责。在文委领导下,出版了《大众文艺丛刊》,由邵荃麟主编。这是人民解放战争正在激烈进行而面临解放前夕,香港文委的同志们认为需要对过去的文艺工作作一个检讨,同时提出对今后工作的展望。"②围绕《大众文艺丛刊》而展开的思想斗争与理论批判

---

① 《大众文艺丛刊》同人、邵荃麟执笔:《对于当前文艺运动的意见——检讨、批判和今后的方向》,载《大众文艺丛刊》第 1 辑《文艺的新方向》,1948 年 3 月 1 日。

② 林默涵:《枝蔓丛丛的回忆》,北京:北京十月文艺出版社,2001 年,第 468 页。

实际上是新中国成立后相关工作的一次预演,即"以'思想斗争(批判)'作为发展共和国文化(文艺)的首要任务与根本之路"①。20世纪40年代是个"批判"的年代,无论国统区还是解放区都是这样。批判当然只是一种手段,目的在于建设,只是以批判来为建设开路,即通过批判来确立一种新的思想或文学范式。

这一时期所提出的文艺中心口号是建立"人民文艺",也叫"大众文艺",实际上也就是新中国成立后所说的"工农兵文艺"。这种文艺是20世纪30年代"左翼"文学的继续与发展,但也有新的特点,即以毛泽东《讲话》为指导思想,以《讲话》后解放区的文艺实践为蓝本。因此,解放区文艺的整理、出版及其向国统区系统的输入,成为当时一项主要的工作。仅就向国统区输入来说,就编辑出版了三辑《北方文丛》,计有赵树理的《李家庄的变迁》、《李有才板话》,孙犁的《荷花淀》,康濯的《我的两家房东》,李季的《王贵与李香香》以及贺敬之、丁毅的《白毛女》等25种。对这些来自解放区的新的文学形式,《大众文艺丛刊》等刊物都以重要篇幅发表评论,进行理论上的引导,孕育了一种新的美学原则、评判与创作模式,为的是促成国统区文艺尽快地达到解放区文艺的水平与高度,也就是丁玲《太阳照在桑干河上》和周立波《暴风骤雨》所标示的水平与高度。郭沫若、茅盾等国统区文艺界知名人士纷纷撰文,对解放区文艺的代表作品,如歌剧《白毛女》,赵树理的小说《李有才板话》、《李家庄的变迁》等均给予了高度评价和热烈赞扬,在国统区产生了较大的影响。

这些被推介的解放区文艺作品有一个共同特点,就是塑造了农民的新形象,描写了他们如何由消极被动走向理解革命、拥护革命进而参加革命的精神成长过程。冯雪峰曾就此指出,

---

① 钱理群:《1948:天地玄黄》,济南:山东教育出版社,1998年,第35页。

《太阳照在桑干河上》的文学意义在于,作者现实主义地写出了真实的人,认为这是创造高大的典型人物所必需的基础和第一步。意义更为重大的是这些真实的人是农民群众,"作者的中心意图是写农民,但更正确地说,是写农民怎样在斗争中克服自己思想中的弱点而发展和成长起来"①。在丁玲的小说里,农民并没有被描写成纯粹的被解放者,而是一个"革命的、斗争的阶级"。它有一个由自发到自觉、由有弱点到克服弱点,到最后当家作主的过程,或者说是一部卢卡契意义的社会主义现实主义的"教育小说"(或"成长小说"),它描写的是农民的社会性成长。但是,如钱理群所说,这类农民实际上已不是一般意义上的农民,而是接受了革命意识、被革命化了的农民。他们固然体现了农民本质上的革命性,但他们的革命思想又确实是党通过自己正确的农民政策对农民加以教育和引导的结果。所以,占据这类作品主导地位的,其实是革命的意识形态。而掌握了革命意识形态,并因此被认为天然地代表了包括农民在内的劳动人民最大利益的革命政党,才是其真正的主人公。② 换一种说法,农民在文学中只是一个政治代码,一个意识形态符号,他们的形象可能并不血肉丰满,有的甚至是单调、枯燥的,但他们却有坚强的"目的论"信仰,相信革命会最终胜利,而他们正行进在这条通向胜利的大路上。

二、作家思想"类型"的划分与"文艺新方向"的坚守

经过延安文艺整风和《讲话》精神在国统区的二度输入,尤其是围绕《大众文艺丛刊》而展开的思想斗争与文化批判,毛泽东的文艺思想得以在全国绝大部分地区贯彻实行,文学的"工农兵方向"也在大多数作家的创作实践中得到了确认,并成为他们实际创作的指南。"左翼"文学界针对国统区文艺状况又

---

① 冯雪峰:《雪峰文集》(第2卷),北京:人民文学出版社,1983年,第409页。
② 钱理群:《1948:天地玄黄》,济南:山东教育出版社,1998年,第213页。

开始对一些主要的文学问题进行总结、清理,这是确定今后文艺发展方向和路线的前提条件。这一时期发表的相关评论文章主要有茅盾的《八年来文艺工作的成果及倾向》(1946)、冯雪峰的《论民主革命的文艺运动》(1946)、胡风《论现实主义的路》(1948)、邵荃麟执笔的《对于当前文艺运动的意见——检讨、批判和今后的方向》(1948)。另外,茅盾在第一次文代会上的报告《在反对派压迫下斗争和发展的革命文艺》(1949),也属于这一性质。在总结抗战以来的文学状况时,"左翼"文学的这些代表人物所依据的思想基础、所使用的评判尺度并不完全一致。但是,以毛泽东的文艺思想作为理论依据、以延安文艺作为理想模式,是"左翼"文学界中代表延安文艺路线的主流派别所坚持的原则。

与上述活动密切相关的,是对20世纪40年代作家、文学派别所进行的"类型"划分,然后确定团结、争取、打击的对象,为"文艺新方向"清除障碍。作家的世界观(阶级立场和阶级意识),他们对中共领导的革命运动和"左翼"文学运动的态度,他们的作品可能发挥的政治效用,成为"左翼"文学界划分文学力量的最主要的尺度。按照这一尺度,作家常被划分为革命作家("左翼"作家)、进步作家(或中间作家)和反动作家三类。① 对于进步作家(或中间作家),像朱自清、冯至、李广田等人,"我们"是欢迎的;而其中那些"对于革命感到彷徨和迷惑,对于文艺大众化表示轻视,对于政治与艺术关系表示怀疑"的,"我们"必须有"适当的批评和说服,努力争取共同进步"。目前,在文艺思想领域,"我们"要"无情地加以打击和揭露的是那各种反动的文艺思想倾向"。首先是"美帝国主义对中国的直接文化侵略";其次,"地主资产阶级的帮凶和帮闲文艺"也是主要的打击对象。其中被列举出的作家有:朱光潜、梁实秋、沈从文、徐

---

① 洪子诚:《中国当代文学史》,北京:北京大学出版社,1999年,第8页。

仲年、顾一樵、易君左、萧乾、张道藩。另外,还有"黄色的买办文艺",包括有色情的、恶劣趣味的、鸳鸯蝴蝶的文学等。① 郭沫若把"反动文艺"区分为"买办性"和"封建性"两类,并以红、黄、蓝、白、黑的颜色命名,如"桃红色的沈从文"、"蓝色的朱光潜"、"黄色的方块报"和"黑色的萧乾"等。② "左翼"文学界主流话语所做的类型描述与划分在国内文艺界引起了强烈反响,深刻地影响了20世纪40年代末的文学创作和文学进程,也势必影响到当代文学规范的具体建构。

此外,"左翼"文学界对国内作家文学派别力量的描述与划分,还在"左翼"文学内部进行着。到20世纪40年代后期,胡风、冯雪峰等人成为被描述、划分的对象。胡风等人的文学观念被指认为"小资产阶级的文艺思想",被看作是"左翼"文学界的"异己力量",直至新中国成立后不久便被彻底清扫在门户之外。1949年7月第一次文代会在北平召开,标志着过去被战争分割在不同地域的作家和艺术家第一次"胜利的大团结、大会师"③。当然,这种团结与会师,与其说是汇聚京都,共商文艺大计,毋宁说是一种政治的表态和文艺方向的选择。正如周扬在会上所特别强调的:"毛主席的《在延安文艺座谈会上的讲话》规定了新中国的文艺的方向,解放区文艺工作者自觉地坚决地实践了这个方向,并以自己的全部经验证明了这个方向的完全正确,深信除此之外再没有第二个方向了,如果有,那就是错误的方向。"④

---

① 《大众文艺丛刊》同人、邵荃麟执笔:《对于当前文艺运动的意见——检讨、批判和今后的方向》,《大众文艺丛刊》第1辑《文艺的新方向》,1948年3月1日。
② 郭沫若:《斥"反动文艺"》,载《大众文艺丛刊》第1辑《文艺的新方向》,1948年3月1日。
③ 周恩来:《在中华全国文学艺术作者代表大会上的政治报告》,见《中华全国文学艺术作者代表大会纪念文集》,北京:新华书店,1949年。
④ 周扬:《新的人民的文艺》,见《中华全国文学艺术作者代表大会纪念文集》,北京:新华书店,1949年。

周扬的这席话说明了两个问题:其一,毛泽东的《讲话》所规定的文艺新方向,是被中国革命和延安文学实践证明了的唯一正确方向;其二,延安文艺方向的不可替代性必须成为全体与会代表的广泛共识和集体认同。其实,在大会上,周扬是以解放区文艺成功的实践者身份传达了中共最高领导层的旨意。为了社会政治制度的更替,文艺根本性的转变方向是必须的,是政治的需要,时代的需要,文艺作为政治的先行官,中国社会主义革命需要它鸣锣开道。东北"《文化报》事件",就是中共领导的"左翼"文化界主流话语整合小资产阶级知识分子个人话语或异己话语一个鲜活而真实的样板。对萧军的批判,从另一个侧面也反映出中共"左翼"文化界在坚持中国文艺新方向上的政治决心和不可更易的坚强意志。

诚然,解放区文艺在实践"文艺新方向"的过程中,也出现过一些缺点和偏差。在强调文艺为革命的政治服务的同时,有时由于对政治理解得过于机械、狭窄,或者对文艺特征认识不足,因而曾经提出过要文艺配合各项中心工作、为宣传政策服务等简单化的要求,也出现过不顾作者具体条件只按需要分配创作任务等不尽恰当的做法。在强调文艺工作者向劳动人民学习、向农民学习的同时,对小生产者思想的警惕有所放松,以致有些作品多少受到了这类思想习气的侵袭和影响。在艺术手法上,不少作品则存在着不注意向外国文学借鉴的弱点。在文艺批评的方式方法上也有简单、粗暴之失,有时为达到某种目的,甚至不择手段,断章取义,不容商榷。如"萧军事件"的处理就是一个较为典型的个案。由于没有及时认识到上述这些偏颇,并从中总结必要的经验教训,以致对后来的文艺工作产生了不良的影响。

三、文学的"圣洁化"追求与"方向"的自觉维护

第一次文代会后,贯彻"文代会"精神,坚持文艺的工农兵

方向,以工农兵为创作主角,这一点已是每一位作家坚信不疑的。那么除了写工农兵之外,可不可以写小资产阶级呢?这个本来在延安时期就已经明确解决了的问题,在新中国成立之际却又再次被重新提了出来。

　　事情缘起于1949年8月陈白尘对第一次文代会精神的传达:"文艺为工农兵,而且应以工农兵为主角,所谓也可以写小资产阶级,是指以工农兵为主的作品中可以有小资产阶级、资产阶级的人物出现。"对陈白尘"以工农兵为主角"的说法,洗群表示了不同看法。他认为在坚持无产阶级立场的前提下,也可以写小资产阶级为主角的作品。于是争论很快在国内展开,以至于化为对立的两派:一说可以写小资产阶级,不过应该少写,批判地写;一派说绝对不可以写。针对这场讨论,何其芳写了一篇具有综述性质的长文,在貌似辩证的表述中肯定了工农兵"主角"的观点。他说:"在这个新的时代,在为人民服务并首先为工农兵服务的文艺新方向之下,中国的一般文艺作品必须要逐渐改变为以工农兵及其干部为主,而且那种企图着重反映这个伟大时代的主要斗争史诗的作品中也必然要出现代表工农兵及其干部的人物,并以他们为主角或至少以他们为其中的一个重要方面的主角,而不可能只以小资产阶级的人物或其他非工农阶级的人物为主角。"① 鉴于何其芳当时的地位,他的说法无疑具有很大的权威性甚至钦定色彩,他实际上肯定了陈白尘的观点,工农兵应该成为我们文学的主人公。混乱的思想因此似乎得以澄清,但一场新的文坛整饬行为也由此展开,整饬的对象是那些非工农兵方向的作家作品。需要说明的是,这一场文坛整饬行为并不是自上而下的统一行为,基本上是一种个人的自觉行动。然而,从"可不可以写小资产阶级"的激烈争论中,一方面我们可以看出,在部分知识分子(作家)心目中,写不

---

① 何其芳:《一个文艺创作问题的争论》,《何其芳文集》(第4卷),北京:人民文学出版社,1983年,第183页。

写"工农兵",以"谁"为主角进行创作不仅是一个"题材问题",而且更是一个"立场问题"。另一方面,我们也能窥见当时中国文坛部分知识分子(作家)致力追求文学"工农兵方向"上的圣洁化的企图,以及对文学创作"方向"的小心翼翼的呵护。

当工农兵作为作品主人公的地位在新中国成立初期确立之后,怎样来描写他们的问题又开始浮出历史地表。从20世纪50年代初期国内发表的一些重要的文学评论文章可以看出,凡能够在文坛上引起反响的评论文章,大多是负面的批评(或批判)多于正面的肯定的。这在一定程度上也突出了工农兵文学处境的尴尬,人们无法阐明工农兵文学"是什么"、"怎样写",只能从反面来说它"不是什么"、"不能这样写"。也即试图通过排除法来求得这种纯正的文学。

20世纪50年代初期,所谓"非工农兵方向的文学作品"主要有两类,一类是描写工农兵生活,但对工农兵的态度和情感不正确。如萧也牧的《我们夫妇之间》、《海河边上》、《锻炼》等小说,曾遭到陈涌、冯雪峰、丁玲等人的批判,主要问题就是歪曲、玩弄和丑化工农兵,以及"对小资产阶级知识分子狂妄的偏爱和夸张"。路翎的《朱桂花的故事》、《你的永远忠实的同志》和《洼地上的"战役"》等小说受到陆希治、侯金镜等人的指责,主要症结在于前者是"对工人阶级作了十分严重的污蔑"①,后两篇则是对部队的政治生活做了歪曲的描写。方纪的《让生活变得更加美好罢》遭到批评后,曾对该小说做了两次修改,并写了《我的检讨》一文,认为自己在这篇小说中所犯的错误,"除了马列主义水平低,思想上还残留着不健康的因素外,还因为题材和主题的不一致",于是,作者进一步认识到在文艺创作上,"题材和主题,形式和内容,艺术和政治的必然统一和前者必须服从后者"②这一原则性问题。方纪的幡然醒悟在当时被批评

---

① 陆希治:《歪曲现实的"现实主义"》,载《文艺报》1952年第9期。
② 方纪:《我的检讨》,载《人民文学》第2卷第2期。

者中颇具代表性,从中我们也能看出,在新中国成立初期,在当代文学创作与批评中,这种对文学"圣洁化"的追求和"工农兵方向"的维护已成为一种时代的自觉。

一类是写非工农兵生活的,如张恨水、巴金、冰心等人的作品,以及其他描写小资产阶级知识分子苦闷或城市小市民生活的作品。这类作品表现的是知识分子的旧兴趣和旧情致,作者不是在个人情感的小天地里徘徊惆怅,就是沉湎于知识分子的人生孤苦与绝望;不是展示少爷、小姐们情感的烦闷,就是展示少爷、小姐们对家庭生活的强烈不满。他们对时代新的人物、新的生活、新的胜利等新的主题视而不见,因而,这类作品遭到质疑、批评甚或批判在所难免。这种通过对具体个案的否定来暗示"应该写什么"以及"怎样写",确实比那些正面的忠告与劝勉更有力度,也更有效果。它从另一个层面也反映出新中国文坛主流话语想通过文学批评或批判,来提出当代小说创作应遵循的路线问题,目的是要维护已经确立起来的创作"规范",对那些"写真实"及"干预生活"的小说出示"黄牌",以儆效尤。

在写法上,当时流行两种模式:一种是"转变"模式,即人物从落后到转变的模式;一种是"面谱"模式,即作品的主人公或描写的英雄人物只有英雄的行为,没有英雄的思想情感。所以,当有人批评电影《钢铁战士》"比较直线",没有写出主人公张志坚本身的"矛盾"时,侯金镜全力为之辩护:"我们要表现新英雄主义,树立英雄榜样,教育群众,我们为什么不可以选择一个没有缺点的英雄来写呢?"[①]言外之意,我们不但可以写没有缺点的英雄,还可以用革命浪漫主义的手法,夸大他的优点,不仅写他是什么样子,还要写他可能是以及应该发展的样子。

对工农兵形象描写的这一规约过程,实际上是对作品人物的"圣洁化"的过程,体现的是知识分子(作家)对工农兵文学的

---

① 侯金镜:《侯金镜文艺评论选集》,北京:人民文学出版社,1979年,第241页。

"圣洁化"的追求。虽然这样的作品在文学方面也许与人们的期待还有很大的距离,但我们也不得不承认它在非文学上的功用,至少它突出了文学的社会政治承担,对捍卫毛泽东文艺思想,维护文学的工农兵方向,起到了不可忽视的作用。文学也因由超负荷的承担,最终也为之付出了沉重的代价。

第四章 社会主义现实主义与"政治标准第一"的文学批评

抗战后期,尤其是《讲话》传到国统区以后,国统区的进步文艺工作者在同国民党的独裁政治和专制文化进行斗争的同时,也对抗战以来进步文艺运动的发展进行了回顾与总结。在这回顾与总结的过程中,进步文艺界既有共同认识的相互补充,又有不同意见的辩论驳难。继前一时期关于"大众化"、"民族形式"问题的讨论之后,又展开了一场关于现实主义问题的论争。这场论争也是我国现代文学理论批评史上最具理论建树的一次关于文艺问题的讨论,它不仅加深了人们对现实主义问题的理解,促进了人们对创作主体与客观现实之间辩证关系的认识,而且还加强了作家和民众的结合,直至完成了现实主义由一种创作方法到必须遵循的创作原则和评判标准的过渡。

第一节 战时现实主义的文学创作与理论批评

一、战时现实主义文学创作的开放性与独尊化

现实主义作为充分反映现实、积极参与现实斗争的一种文学思潮和严格遵循生活真实、讲求如实刻画、具体描写的一种创作方法,它与现代中国文学发展的历史进程有着深刻的契合。而现实主义在 20 世纪 40 年代的文学创作与理论批评中的主流地位更得益于历史条件与环境。尤其是旷日持久的战

争为现实主义文学创作与理论批评提供了充分的动力,战时政治和社会心理等因素,助成了现实主义文学思潮在1940年代的高歌猛进。

战争一开始,作家、文论家如茅盾、冯雪峰、胡风、蒲风等人一致认为现实主义道路是战时文艺的必然选择。抗战全面爆发后,为了反抗日寇的侵略,广大知识分子(作家)无论是在前线或后方,无论是战地生活的亲历者,还是没有战地生活实感者都纷纷拿起笔投入到全民族的抗战之中。急剧动荡的战争生活给知识分子(作家)提供了异常丰富的材料,只是他们往往还没有来得及消化、吸收、概括和提炼,就急急成章宣之于众。战争生活的断片连缀、生活表象的浮光掠影,一时成为抗战初期现实主义文学创作的主流现象,呈现出纯客观的"摄影主义"的色彩。然而作为一种创作方法,现实主义在战时的发展壮大与它对其他创作方法的开放吸纳是分不开的,但这种兼容选择性很强,有迎有拒,有取有舍。比如在对浪漫主义创作方法的借鉴上,现实主义文学创作对浪漫主义的主观性与想象性均表示冷淡,唯独对理想主义、英雄主义情有独钟。如七月派诗歌和解放区文学,在表现手法上都继承了浪漫主义的一些特色,但主体精神已经置换。针对现代主义背后的非理性的生命哲学,现实主义文学创作对此汲取不多,但对剥离"内容"之后的形式则大胆借鉴,如巴金的《寒夜》、曹禺的《北京人》和师陀的一些作品在表现的形式上都含有现代主义的成分;再如20世纪40年代讽刺喜剧和路翎小说的荒诞色彩与心理分析手法的运用等等。

开放性与兼容性只是现实主义在战时流变的一个侧面,在它的另一个侧面,则是它的扶摇直上,趋于独尊,从一种具体的创作方法和文学思潮上升为某种原则和标准。战时的知识分子(作家)从强烈的历史使命感出发,将创作纳入有关民族命运与人民利益的伟大事业之中,使"五四"文学开创的文学传统,在战时表现得更加强烈。现实主义文学自觉承担了争取民族独立与人民解放的历史使命。解放区文学则更将创作服务于具体的政治任务,作家通过多方努力,从创作实践上来体现文学对历史的担当,紧跟形势的发展,及时反映生活的变化,让作品成为历史的忠实记录,成为"团结人民、教育人民、打击敌人、消灭敌人的有力武器"①。在《讲话》中,毛泽东甚至认为马克思主义也"只能包括而不能代替文艺创作中的现实主义,正如它只能包括而不能代替物理学中的原子论、电子论一样"。可见,现实主义的文学创作在抗战时期的独尊地位和受重视程度。

二、战时现实主义理论的单纯与褊狭

与战时的现实主义文学创作相类,战时的现实主义理论与战时的现实主义创作是相辅相成、同步发展着的。时代的、战争的要求,迫使抗战文学和理论批评必须密切关注中国社会和民众,必须把文学和理论批评纳入战争政治的框架内,充分体现文学理论批评的现实功利性、单纯性和鼓动性,从而造就了战时现实主义理论的褊狭。

战争使文学成为一种宣传、动员的工具,作为现实主义的抗战文学就是要尽量鼓起中国广大民众的抗战情绪,唤起民族意识,鼓吹民族气节,坚定抗战精神,增强胜利信心。抗战初期,夏衍曾把抗战文学定义为"组织和教育大众的工具",并就此断言:"同意这新的定义的人在有效地发扬这工具的功能,不同意这定义的'艺术至上主义者'在大众眼中也判定了是汉奸的一种了。"②王平陵称:"抗战文艺应该成为舆论的舆论……应

---

① 毛泽东:《在延安文艺座谈会上的讲话》,载《解放日报》,1943年10月9日。
② 夏衍等:《抗战以来文艺的展望》,载《自由中国》第1卷第2期,1938年5月10日。

该比舆论跨进一步,站在舆论之前。"①在王平陵看来,文学就是造舆论起鼓动作用的宣传工具,它应比仅仅记载、解释现实生活的报纸更具有宣传的功用。他的这种文学观概括了抗战初期具有官方色彩的现实主义理论特点。郭沫若则表现得更为激进,他认为:"抗战所必需的是大众的动员,在动员大众上用不着有好高深的理论……理论愈高深,艺术愈卓越,反而愈和大众绝缘而更灭杀抗战的动力。"②现实主义理论的单纯化是战时文学突出功利作用、鼓动作用的需要。抗战必须动员大众,文学必须充分大众化,文学理论就需要单纯化、简单化,以适应大众的需要。郭沫若甚至把那些否定现实主义单纯化而故作高深理论,以"度越流俗"的文化人判为"事实上是犯着了资敌的嫌疑"。③

在抗战初、中期,知识分子(作家)的现实主义文学观不仅在总体上呈现出功利性和单纯化的价值取向,而且还表现出了理论上的某些褊狭。作为现实主义理论的建构,无论面临何种现实,都应遵循文学审美的共性原则,把深广的社会内容、丰富的人生体验、鲜明生动的具体形象有机结合起来,集中提炼到高度的和谐统一,使之具有较高的审美价值。但是,抗战的现实状况对于那些忧国忧民的作家、文学理论家来说,一时不可能遵循文学审美的共性原则来创作文学,来建构文学理论。特别是对于现实主义理论而言,适应战争激烈而残酷的社会现实,突出功利性、鼓动性,强调理论的单纯性,不辞失之于现实主义理论的褊狭性,也正是他们对文学审美原则的一种特殊追求和理论上的独特建构。对于他们来说,首先是战争,其次才是现实主义文学,再次才是现实主义文学理论。老舍甚至强

---

① 王平陵等:《一九四一年文学趋向的展望》,《抗战文艺》第7卷第1期,1941年月1日。
② 郭沫若:《抗战与文化》,载《自由中国》第3号,1938年6月20日。
③ 郭沫若:《抗战与文化》,载《自由中国》第3号,1938年6月20日。

调,抗战时现实主义文学的本质应由"虚浮的修辞变为朴诚的纪录与激励"①。这种理论在创作实践中表现出的就是"摄影主义",强调了把事件纯客观主义还原。这种纯客观主义的"还原","没有把事件当作是必须研究和分析的对象,也未把现象当作运动中的东西,多的是社会现实生活中的片断的景致,少的是现实内容本质的东西"②,显然,创作中暴露出的这些问题都是现实主义理论褊狭性的具体表现。

抗战初中期现实主义理论的褊狭也是一种战争政治情绪化的反映。战争的残酷惨烈与抗战的艰难窘困,使得中国的知识分子(作家)对现实主义文学的理解是不可能深味的,他们常常带着战火的余烬,在戎马倥偬中提出文学的见解。战争的情绪化致使现实主义理论的褊狭性成为历史的必然,这种历史的必然也是一种历史的局限。当战争发展到相持阶段,他们就产生了从容思考文学理论的愿望,从而去反思战争初期现实主义文学创作与理论批评。他们在一边建构现实主义理论的同时,一边就现实主义的文学创作与理论批评展开了一场影响较大的讨论。

三、"主观"问题的讨论与现实主义理论的深化

争取民族解放的时代要求和空前严峻的现实斗争,把现实主义问题的讨论提上议事日程。战时现实主义问题的讨论主要围绕着当时抗战文艺创作上的一些偏向(或不良倾向)和应该如何克服、改进的问题展开。而特定的社会历史情境和新文学运动自身发展的内在要求为讨论的深入开展提供了动力。

抗战初期,茅盾提出的抗战作家一定要"遵守着现实主义

---

① 老舍:《三年来的文艺运动》,载重庆《大公报》,1940年7月7日。
② 靳明全等:《论中国抗战文论中的现实主义之深化》,载《文学评论》,2005年第3期。

的大路,投身于可歌可泣的现实中"①的现实主义文学观,成为战时现实主义理论讨论的先导。毛泽东的《讲话》在国统区的广泛传播,使得现实主义问题的讨论在 1945 年前后出现了一个高潮。

现实主义问题的讨论首先由于潮(乔冠华)的两篇文章——《论生活的态度与现实主义》和《方生未死之间》引发。在上述文章中,于潮批评了部分知识分子中存在彷徨、消沉的精神状态,认为要扭转这种状态,应确立"新的生活态度",这种"把人当人,关心旁人的生活态度"就能创造出"科学的民主的大众的文化"。② 对此,有人认为他把"人道主义"当作解决知识分子"精神危机"的钥匙,很难令人信服,于是在《新华日报》社内部发生了争论。但引起更大争论的是舒芜的《论主观》和胡风在这一时期发表的一些文章。1942 年底至 1945 年初,胡风先后发表了《关于创作发展的二三感想》、《现实主义在今天》等文,集中批评了创作上各种反现实的以及一些"依据一种理念去造出内容或主题"的"客观主义"倾向,③进而强调"主观精神和客观真理的结合或融合"④。1944 年,胡风在《文艺工作底发展及其努力方向》一文中再次对当时创作上的各种反现实主义倾向提出尖锐批评,认为这是因客观情状变化引起作家们主观战斗精神的衰落所致。针对胡风的论调,黄药眠提出了不同的意见,认为胡风对抗战文艺评价过低,"过分强调了作家在精神上的衰落"。1945 年 1 月,胡风在他主编的《希望》创刊号上发表了他的《置身在为民主的斗争里面》和舒芜的《论主观》。两篇文章一经面世便立即招致了强烈的反对意见,同时也得到了

---

① 茅盾:《还是现实主义》,载《战时联合旬刊》第 3 期,1937 年 9 月 21 日。
② 于潮:《论生活的态度与现实主义》,载《中原》创刊号,1943 年 6 月。
③ 胡风:《关于创作发展的二三事感想》,载《创作月刊》第 2 卷第 1 期,1942 年 12 月 5 日。
④ 胡风:《现实主义在今天》,载《时事新报》1944 年 1 月 1 日。

不少人的支持。于是,现实主义问题的讨论也由此得到充分展开。

概括起来说,胡风、舒芜、王戎、吕荧、余林(路翎)等人强调抗战以来进步文艺界的主要问题是,普遍存在着公式主义和客观主义两种脱离现实主义的倾向,因此认为需要加强作家的"主观战斗精神",实现"主观精神与客观真理的结合",他们断定这才是通向现实主义的正确道路。黄药眠、何其芳、邵荃麟、林默涵、胡绳等人认为,不能抽象地看待作家的主观、客观的生活和现实主义,当时文艺界的主要弱点在于作家的小资产阶级的不健康的思想感情、非政治倾向、脱离人民群众和斗争生活的倾向。所以,他们主张只有实现文艺与人民群众的结合,深入地反映人民的生活和要求,才能创作出为时代所需要的,有别于旧现实主义的革命现实主义的作品。

前后两种观点的论争后来因受国统区恐怖的政治环境影响而暂告一段落,但论争并未就此结束。1948年,邵荃麟、乔冠华又以香港《大众文艺丛刊》为阵地,从哲学基础、主观的阶级内容、作家的思想改造、文艺与人民的结合等方面,对舒芜、胡风等人进行了集中而又比较系统的批判。胡风本人也于同年9月写了《论现实主义的路》一书,进一步阐述了自己的观点,并对他们的批评逐一进行了辩驳。双方争论的焦点表面上看是怎样才能达到现实主义和需要怎样的现实主义,以及如何理解"五四"以来的现实主义传统和鲁迅精神。但究其实质就是以《讲话》为标志的毛泽东文艺思想与以"主观战斗精神"为基础的胡风文艺思想的矛盾与交锋。因为胡风文艺思想已成为文艺界推行毛泽东文艺思想的重要障碍,所以论争就是围绕胡风的这一现实主义理论而针对性地展开的。只是论争尚未结束,而胜负早已判明。

这场论争断断续续地进行了四五年时间,涉及众多的文学理论和文学历史问题,既富有理论深度,又直接与创作实践联结在一起,虽然未能取得一致的结论,却澄清了若干错误观点,反映出理论批评界关于现实主义问题认识的深化和探索的深入。

现实主义与"主观"问题的讨论,是战时知识分子(作家)面对战争残酷的现实,一边思考和建构着现实主义理论,一边又带着这种思考和建构参与了现实主义理论的讨论。他们的思考和建构丰富了现实主义理论讨论的内容,而他们的讨论又促进了现实主义理论的建构与深化。两者相得益彰,互为补充。现实主义与"主观"问题的讨论,本身就是现实主义理论深化的一种形式和手段,它最终促使战时知识分子(作家)密切了与现实生活的联系,对生活本质的把握和对生命个体的认真思考。

在现实主义理论不断深化的过程中,战时文学也在不断地减少初期存在的种种弊病,现实主义文学佳作不断涌现。从1938~1942年间,在小说创作层面,就有《华威先生》(张天翼,1938)、《差半车麦秸》(姚雪垠,1938)、《袭击》(黑丁,1938)、《救亡者》(周文,1939)、《旷野的呼唤》(萧红,1940)、《在其香居茶馆里》(沙汀,1940)、《鸭嘴涝》(吴组缃,1940)、《呼兰河传》(萧红,1941)、《无望村的馆主》(师陀,1941)、《腐蚀》(茅盾,1941)、《牛全德与红萝卜》(姚雪垠,1941)等作品发表;在诗歌创作层面,则有《给战斗者》(田间,1938)、《成都,让我把你摇醒》(何其芳,1938)、《雪落在中国的土地上》、《向太阳》、《我爱这土地》(艾青,1938)、《黄河大合唱》(光未然,1939)、《淮上吟》(臧克家,1940)、《剑北篇》(老舍,1941)及七月诗派等诸多诗作见刊;在戏剧创作层面,则有《塞上风云》(阳翰笙,1938)、《乱世男女》(陈白尘,1939)、《国家至上》(宋之的、老舍,1940)、《蜕变》(曹禺,1940)、《雾重庆》(宋之的,1940)、《妙峰山》(丁西林,1941)、《草莽英雄》(阳翰笙,1942)、《长夜行》(于伶,1942)、《结婚进行曲》(陈白尘,1942)、《法西斯细菌》(夏衍,1942)等剧本面世。另外,还有大量的优秀的报告文学、杂文、散文等等。这些杰作的涌现为抗战作家、文艺理论家的现实主义理论的深化提供了坚实的文本基础;同样,现实主义理论的深化也让抗战作家产生更多的理性思考,从而使文学创作的面貌不断改观。

诚然,我们也要看到,抗战时期现实主义理论虽然在不断深化,但由于战争的存在,并以绝对权威的姿态影响着文学的发展。同时,我们还应看到国家战时的文艺政策对文学创作与理论批评的制约。所以,现实主义理论的更高层次的建构,依然是抗战作家、文艺理论家力不从心甚或难以实现的事情。

第二节　社会主义现实主义与新的文学规范的建构

一、"社会主义现实主义"在中国的"转译"

"社会主义现实主义"的创作方法是 1932 年苏共中央决定撤销"拉普"(俄罗斯"无产阶级作家联合会"俄文缩写的音译,笔者注)机构,开始批判"唯物辩证法的创作方法"之后提出的苏维埃文学新口号。"社会主义现实主义"在中国的传播,最早始自 1933 年周扬在《关于社会主义的现实主义和革命浪漫主义》、《关于"社会主义的现实主义与革命的浪漫主义"——"唯物辩证法的创作方法"之否定》等文章中的介绍。后经"左翼"作家的大力宣传、推广,在中国"左翼"文学运动中打下了根基。当时"左翼"作家、批评家言必称"社会主义的现实主义","旧现实主义"和现代主义皆受到否定和排斥,"社会主义的现实主义"成为至高无上的准则。只是后来民族矛盾的激化,"抗战建国"的现实政治需要,它才从前景位置退居幕后蛰伏下来。到 1942 年毛泽东《讲话》的发表,尤其是 1946 年内战发生,它标志着以民族总动员为主题的抗战时期结束而进入国共两党意识形态斗争为主题的国内战争时期。在新中国的前景日趋明朗之后,"社会主义现实主义的政治性原则在中国找到了一个新的契合点,那就是对艺术的教育性、政治倾向性和阶级性的重新提出"。因此,关于文艺创作的社会主义现实主义的理论传播开始重拾升势,具体表现在,"文字媒介的传播方面,1947年后,社会主义现实主义理论的翻译在新的需要下开始回升,到1952—1953年达到高峰"①。

实际上,"社会主义现实主义"作为一种创作和批评的基本方法被正式提出,它所要解答的基本问题就是"要求艺术家从现实的革命发展中真实地、历史地和具体地描写现实。同时,艺术描写的真实性和历史具体性必须与用社会主义精神从思想上改造和教育劳动人民的任务结合起来"②。俄罗斯文艺批评家西尼亚夫斯基曾对"社会主义现实主义"定义进行过解释,他认为"社会主义现实主义"就内含在"从现实的革命发展中真实地、历史具体地去描写现实"这一限定语中。"在革命发展中真实地反映生活",就是号召革命文艺工作者要"以理想的观点去反映现实,对现实生活做理想的解释,将应当是怎样的写成现实"③。这与钱杏邨的"无产阶级现实主义"所理解的"生活"或"现实"概念异曲同工。为了实现这个"理想",被真实描写的"现实"总是勇往直前和革命地朝前发展,文学作品的内在节律因此被设置为直线式的向前运动,即反败为胜,由胜利走向更大的胜利。日丹诺夫在第一次全苏作家代表大会发表演讲说:"社会主义制度在我们国家里已经坚定不移地、彻底地胜利。继续不断地从一个阶段到另一个阶段,从一个胜利到另一个胜利,从国内战争的烽火到恢复时期,再从恢复时期到整个国民

---

① 陈顺馨:《社会主义现实主义理论在中国的接受与转化》,合肥:安徽教育出版社,2000年,第217、223页。
② [俄]舍舒科夫:《苏联二十年代文学斗争史实·三》,上海:上海文艺出版社,1994年。
③ 《笑话里的笑话》,北京:中国文联出版社,2001年,第34页。

经济的社会主义改造时期,我们的党领导整个国家战胜了资本主义成分,把他们从国民经济的一切范围内排除出去了。"①因此,以社会主义建设的成功为先决条件,以反映社会主义制度的成功和成就为使命的苏联文学,势必要与时代产生共鸣,同步前进。有了这种光明前景的引导,苏联作家想到的不再是《寻找失去的时间》,而是《时间呀,前进!》;不是《长夜漫漫的旅程》《丧钟为谁而鸣》《每个人都孤独地死去》《生死存亡的年代》,而是《幸福》、《初欢》、《好!》、《愿望的实现》、《光明普照大地》、《胜利者》、《胜利集体农庄中的春天》等。在作品中,追求这种光明前景的主人公也必然是新生活的积极建设者,且信仰坚定,明辨是非,乐观自信,勇往直前。苏联文学中诸如此类的正面人物备受读者青睐,原因可能很多,其中政治上的倡导可能最为关键。其间,日丹诺夫可以说功不可没。他说:"苏联文学应当善于表现出我们的英雄,应当善于展望到我们的明天。这并不是乌托邦,因为我们的明天已经在今天被有计划的自觉的工作准备好了。"②

而苏联文艺批评界也是从这种"定式"来解释和维系社会主义现实主义的。刚开始时,把它作为文艺创作的"基本"的方法,随后则变为"统一"的方法,直至最后,宣布为"唯一"的方法。这样,"方法本身便从一种理论概括变成一种作家必须遵循的规则,一种既成的公式"③。可是,理论一旦成为公式或教条,就不是指导实践而是妨害实践了。可以说,"社会主义现实主义"从被推尊为统一的创作方法并强制实行之日起,它就注定要走进死胡同。

---

① [俄]日丹诺夫:《日丹诺夫论文学和艺术》,北京:人民文学出版社,1959年,第3页。
② [俄]日丹诺夫:《日丹诺夫论文学和艺术》,北京:人民文学出版社,1959年,第10页。
③ 李辉凡:《二十世纪现实主义》,北京:中国社会科学出版社,1992年,第93页。

日丹诺夫对苏联社会主义文学的理解以及苏联作家的社会主义文学创作,几乎毫不走样地被搬到中国。事实上,中国对"社会主义现实主义"创作方法的接受也一直处在不适应中。周扬虽是引介"社会主义现实主义"的第一人,但很难说是"亦步亦趋"的。他对"社会主义现实主义"这种创作方法一直采取很谨慎的态度。他曾说:"这个口号(指社会主义现实主义——引者注)是由现在苏联的种种条件做基础,以苏联的政治——文化任务为内容的。假使把这个口号生吞活剥地应用到中国来,那是有极大的危险性的。"①即使在1951年,他对苏联经验也还隔膜,曾以"中国革命的实际经验"为由,寻求这个独创的社会与文化建制。② 不过,一年之后,周扬态度大变,表示要无条件地追随苏联,不仅在政治上,还要在文学艺术上,主张"走俄国人之路",此时才对"社会主义现实主义"做无原则的认同。周扬的这种转变与中国在50年代初期政治、经济、外交等方面紧紧追随苏联有关。1958年,周扬又转而阐释"两结合"创作方法,即革命的现实主义与革命的浪漫主义相结合的创作方法,以此来取代"社会主义现实主义"。然而,从实际上看,"'两结合'在理论上并没有提出社会主义现实主义理论以外的 新内容"③,它与"社会主义现实主义"都不过是政治的或"时事的表意符号"而已。由此可见,以周扬为代表的"左翼"文艺界人士在实践毛泽东的"新文化猜想"过程中的心理焦虑,以及竭力构建和维系当代文学规范上的不懈努力。

二、社会主义现实主义与"赵树理方向"的质疑

如果说毛泽东的《讲话》提出了根据地(解放区)和"左翼"

---

① 周扬:《周扬文集》(第1卷),北京:人民文学出版社,1984年,第114页。
② 周扬:《周扬文集》(第2卷),北京:人民文学出版社,1985年,第78页。
③ 朱寨主编:《中国当代文学思潮史》,北京:人民文学出版社,1987年,第358页。

文化实践的抽象纲领与具体方向的话,那么,迅速地使一批符合《讲话》精神的作品经典化,则是一个必要的和必然的步骤。而在当时,除了新秧歌剧等大众文艺之外,在小说、诗歌等文学创作方面,大概再没有谁比赵树理更有资格被奉为这一话语的代表人物,也没有什么作品比赵树理的小说更符合"工农兵方向"这一规范化的要求。赵树理可以说是"应大时代的需要产生的","是应运而生,时势造英雄"的典范。① 赵树理一经被选定为实践《讲话》的"杰出代表",那么,对他的肯定与否也就与毛泽东文艺思想本身的有效性联系在一起。与其说赵树理的小说是"毛泽东文艺思想在创作实践上的一个胜利"②或"最朴素、最具体地实践了毛主席的文艺方针"③,不如说是"左翼"文化界选择了赵树理作为印证《讲话》有效性的经典。

尽管如此,"左翼"文学界主流话语在构建当代文学规范的过程中,"规范"的标准和内涵并不是一成不变的。抗战时期,强调"民族的形式"和"新民主主义的内容";解放战争时期,则侧重于"工农兵文艺"和群众立场;新中国建立后,随着冷战格局的明朗化和中苏关系的密切,"社会主义现实主义"作为一种更激进也被认为更"高级"的原则得到集中提倡。所以,在解放战争时期,以《讲话》为依据确立的"赵树理方向",也将随着政治局势的变化而不可避免地受到质疑,其集中体现在对赵树理的小说《邪不压正》的批评中。

1948年9月,为了"写出当时当地土改全部过程中的各种经验教训,使土改中的干部和群众读了所知趋避",赵树理写了中篇小说《邪不压正》。小说发表后,人们对之莫衷一是,褒贬不一。有人称赞《邪不压正》"不论从政治上艺术上都是相当成熟的","它把解放区近三四十年的农民翻身运动绘出了一幅极

---

① 孙犁:《谈赵树理》,载《天津日报》,1979年1月4日。
② 周扬:《论赵树理的创作》,载《解放日报》,1946年8月26日。
③ 陈荒煤:《向赵树理方向迈进》,载《人民日报》,1947年8月10日。

生动的图画,从而体现了党的政策在运动中怎样发生了偏差,又怎样得到了纠正"①;有人则持批评态度,认为小说"把党在农村各方面的变化中所起的决定作用忽视了",人物"脱离了现实",且没有表现出应有的品质,因而缺乏教育意义。② 1949年1月26日的《人民日报》又集中发表了耿西的《漫读〈邪不压正〉》、而东的《读了〈邪不压正〉》、乔雨舟的《关于〈邪不压正〉争论的我见》和王青的《关于〈邪不压正〉》等4篇争鸣文章,他们分别从不同角度谈了自己对小说《邪不压正》的观感。值得关注的是,在"赵树理方向"提出不久,其在文艺界的地位正趋于鼎盛的情形下,对他的新作产生如此明显的歧见,且争论文章又是在《人民日报》上刊发出来的,这种现象足以表明在中共文艺界主流话语内部,在建构当代文学规范以及对规范内涵的理解上不仅未获得统一的认识,而且还存在着较大的分歧。

对《邪不压正》做出更尖锐也更符合当代文学发展趋势的批评文章,是竹可羽的两篇评论:《评〈邪不压正〉和〈传家宝〉》、《再谈谈〈关于《邪不压正》〉》。③ 竹可羽认为:《邪不压正》和《传家宝》这两篇小说能够集中说明赵树理创作上的一个极为重要的问题,那就是"作者善于表现落后的一面,不善于表现前进的一面,在作者所集中要表现的一个问题上,没有结合整个历史的动向来写出合理的解决过程"④。这种说法既与毛泽东《讲话》中的"歌颂"与"暴露"的问题相关,同时也与"左翼"文化界长期纠缠不清的问题相关,即怎样才算是"真实"地展现了"历史的发展方向",从"历史"高度表现"新/旧"、"前进/落后"之间的斗争趋势。这一问题实际上就是上一节中所说的,苏联文坛

---

① 韩化生:《读〈邪不压正〉后的感想和建议》,载《人民日报》,1948年12月21日。
② 党自强:《〈邪不压正〉读后感》,载《人民日报》,1948年12月21日。
③ 竹可羽:《再谈谈〈关于《邪不压正》〉》,载《人民日报》,1950年2月25日;同时载于《光明日报》1950年2月26日。
④ 竹可羽:《评〈邪不压正〉和〈传家宝〉》,载《人民日报》,1950年1月15日。

在1930年代提出的"社会主义现实主义"创作原则所要解答的基本问题。竹可羽也正是从正面直接提出了这一"创作原则",并以此作为评判作品的标准。竹可羽的评说直接针对的是那种"笼统地说'学习赵树理'"的现象,那种"仅仅条目式地列出赵树理的创作特色"的做法,提出"全面地把赵树理的创作提高到理论上来",并根据"社会主义现实主义的原则来进行分析研究说明"。显然,竹可羽可能意识到了"社会主义现实主义"创作原则和仅仅从"工农兵方向"的角度来理解《讲话》这两种当代文学规范之间的内在歧义。

需要注意的是,《再谈谈〈关于《邪不压正》〉》这篇文章没有一处提到《讲话》,他分析的主要依据是"社会主义现实主义"创作原则。表面看似对当时文学规范的冒犯,实则是用更基本,也更政治更正确的新规范来对既有的规范提出批评和修正。竹可羽批评赵树理忽视了"整个历史的动向"而不善于写"前进的一面",不能创造出很好的"新的英雄形象",原因在于:"人物创造,在作者思想上还仅仅是一种自在状态。"也就是说,在赵树理的创作思想中,根本就缺乏"社会主义现实主义"这样的创作原则。在批判文章中,竹可羽甚至暗示《邪不压正》只写软英那种"年青一代农村妇女消极方面的人物",还犯有"倾向性"错误。①

竹可羽的批评在当时可以说是激进而尖锐的,对文艺界包括作家本人均产生了很大的影响。在竹可羽关于赵树理的两篇批评文章发表后,整个文艺界噤若寒蝉,没有人对此做出任何评判,赵树理也没有写回应的文章。是集体默认,还是个人有所保留,这就不得而知。只是"赵树理在争论之后,好像对《邪不压正》失去了信心,从此再不谈这篇小说,更没有把它选

---

① 贺桂梅:《转折的时代——40~50年代作家研究》,济南:山东教育出版社,2003年,第316页。

进自己的集子"①。此后,在继续把赵树理作为一种"方向"来推崇的同时,批评他"善于写落后的旧人物,而不善于写前进的新人物",这似乎成了对赵树理的一个定论。而"结合整个的历史动向"来展现农村两条路线斗争过程,也成了一个基本衡量标准。1953年,在第二次全国文代会上,"社会主义现实主义"创作原则便被规定为"过渡时期我国文艺创作和批评的最高原则",但怎样实践这一最高原则,尤其是在如何表现英雄人物这一关键问题上,文学界尚未形成统一的共识,从而为此后相关问题的论争埋下伏笔。

透过小说《邪不压正》论争的表象,一方面我们可以看出在不同的历史时期对赵树理评价上的变化,以及"左翼"主流话语在确立当代文学规范时的大体操作方式;另一方面,我们还可以看出,在当代文学规范建构的过程中,从文艺的"工农兵方向"到"社会主义现实主义"创作原则间"规范"核心内涵的差异及发展变化的情况。可以说,正是"社会主义现实主义"发展了《讲话》的"以先验的理想和政治乌托邦激情来改写现实"的趋向,并引导了当代文学不懈追求"纯粹"本质的"激进实验"。② 赵树理写"农民问题"的方向,最后被树立"赵树理方向"的权力本身所否定,赵树理最终也成了这种追求"纯粹"的"激进实验"的牺牲品。

第三节 "政治标准第一"与文学批评话语的政治化

20世纪30年代在文学批评中出现的政治化倾向,到20世纪40年代则成为文学批评的追求目标。从冯雪峰、钱杏邨、瞿秋白等在30年代以文学批评为政治武器,到后来的周扬、林默

---

① 戴光中:《赵树理传》,北京:北京十月文艺出版社,1987年,第248页。
② 洪子诚:《中国当代文学史》,北京:北京大学出版社,1999年,第12页。

涵等新中国文学代言人的出现,文学批评话语的政治化倾向已转化为文学批评标准的政治化取向,这一根本性的转变对文学批评的转型起到了举足轻重的作用。在国统区,这一政治化取向可从《清明前后》与《芳草天涯》两剧引发的论争中得以体现。

一、"政治倾向性"与"非政治倾向性"论争

1940年代中期,文学批评的政治倾向性,以及"政治标准第一"的文学批评精神已在解放区文艺界获得了"霸权统识"。然而由于地缘政治的因素,它并未在国统区得到广泛认同。在国统区的进步作家中仍较多地秉持"五四"文学批评传统,比较看重作品自身的艺术性,或把"政治与艺术的统一,内容与形式的统一"作为评判作品成功与否的标志。当毛泽东的《讲话》经由何其芳等人在国统区传播后,"政治标准第一"的文学批评才在国统区革命作家和进步作家中产生一定的影响,因而,在对作家作品的评价上产生"标准"上的分歧也就在所难免,其集中表现在《清明前后》与《芳草天涯》两剧的论争中。

1945年11月,茅盾的话剧《清明前后》与夏衍的话剧《芳草天涯》在重庆上演后反响强烈,人们对两剧的主题内容和艺术形式议论纷纷,评价不一。《清明前后》的主题内容具有强烈的政治色彩和现实意义,但艺术上有明显的不足之处;而《芳草天涯》则恰恰相反,缺乏现实的政治性,但艺术上却很有特色。为此,同年11月10日,《新华日报》组织了一个座谈会,随后发表了《〈清明前后〉与〈芳草天涯〉两个话剧的座谈》一文,于是引发了"政治倾向性"与"非政治倾向性"论争。[①]

王戎从现实主义的批评要求出发,在《〈清明前后〉说起》一文中,率先针对性地提出了既反对"无政治倾向"的作品,也要反对"用个人情感狂喊口号的'唯'政治倾向"的作品。同时他

---

① 《新华日报》,1945年11月28日。

还认为,"现实主义的艺术不必要强调所谓政治倾向,因为它强调作者的主观精神紧密地和客观事物溶解在一起,自然而然在作品中会得到真实正确的结论",概念地抽象地在作品的外表上贴加政治倾向,只能有损于艺术。同年12月,《新华日报》又刊发了邵荃麟的文章——《略论文艺的政治倾向》。文中,邵荃麟虽表示赞同王戎的观点,但又认为一个作者"只有在强调政治倾向这个前提下去强调主观精神和客观的紧密结合,才能使我们对于现实获得正确的认识,才能使现实主义获得坚实的基础"①。显然,在对待文学作品的"政治倾向性"问题上,王、邵二人在认识上是存有差异的。这种差异具体表现在——现实主义文学创作在"政治性"和"艺术性"的关系的处理上,我们从王戎对邵文的反批评中可以管见。在《"主观精神"和"政治倾向"》一文中,王戎认为,文学批评是要"把政治的标准放在第一位来看"的,但同时又重申,"现实主义的批评不仅仅要懂得作家写什么?更重要的是要懂得作家怎样写和怎样表现"②。在这里,王戎所关注和坚持的仍然是文学作品的政治性与艺术性统一的现实主义批评要求,以及现实主义创作方法在文学上的实际运用问题。

王戎的观点在文学层面上看与《讲话》精神是相通的,然而在实质上,是与《讲话》精神的政治诉求相悖的。亲历延安整风运动洗礼过的何其芳深谙此道,所以,他在《关于现实主义》一文中对王戎这一论点进行了针对性的批评。何其芳认为:现实主义也有一个"向前发展"的问题,"随着一个新的时期开始",必须提出"新的明确的方向"和"新的具体的内容";单依凭"主观精神与客观事物紧密结合"是不够的,还必须明确地拥有"人民大众立场"和"无产阶级立场";"为群众,如何为法"既是今天的议事日程的"最中心的问题",也是讨论问题的"最高原则"。

---

① 邵荃麟:《略论文艺的政治倾向》,载《新华日报》,1945年12月26日。
② 王戎:《"主观精神"和"政治倾向"》,载《新华日报》,1946年1月9日。

为此，今天我们批评一个作品，就应当"从政治性与艺术性两方面来考察，而且政治标准第一，艺术标准第二"①。由此，我们不难看出何其芳的批评文章在理论上也没有什么新鲜的东西，只不过是把毛泽东的《讲话》精神又做了一次具体的阐释而已，但贯注其间的政治倾向性却是集中而鲜明的。偏偏何其芳也忽视了一个重要的问题，那就是解放区与国统区的政治、生活处境的不同，以延安"文艺批评的政治标准第一精神和阶级分析的方法"，来要求重庆的知识分子（作家）照单全收，不得变更，未免有削足适履和不合时宜之嫌。这也可能与何其芳肩负着到国统区传播《讲话》精神的政治使命有关。事实也正如冯雪峰所言："研究或评价具体作品，用什么抽象的'政治性'、'艺术性'的代数学式的说法，可说是什么都弄糟了"，"对于作品不仅仅不要将艺术的价值和它的政治意义分开，并且更不能从艺术的体现之外去求社会的政治的价值"，作品的艺术价值和政治价值应该是统一的。②

关于《清明前后》与《芳草天涯》的"政治倾向性"与"非政治倾向性"论争，是两种不同的文学创作观与文学批评观在20世纪40年代国统区的碰撞与交锋，即以胡风、冯雪峰、王戎等为代表的"五四"现实主义精神传统与何其芳、邵荃麟等为代表的毛泽东文艺思想在特定的历史时空中的斗争。作为革命的文学作品应以"政治性来要求它"，这自然是正确的，但也不能把"政治性"作为单一的内容来书写或评判。至于许多非革命的文学作品，则更不能以单一的"政治性"来要求它，评价它，否则未免失之偏颇。所以从学理上看，冯雪峰等人所主张的"政治与艺术统一"的观点则更适用于评价更广泛的文学作品。可惜的是，冯雪峰等人的这一观点后来被看作是反毛泽东文艺思想的"罪证"之一，冯雪峰等人也因此获罪，身陷囹圄。历史就是

---

① 何其芳：《关于现实主义》，载《新华日报》，1946年2月13日。
② 冯雪峰：《题外的话》，载《新华日报》，1946年1月23日。

这样残酷无情,尤其是在当代政治文学"一体化"的时期。

二、从"第一"到"唯一"的政治化文学批评

  文学批评的"政治标准"经过 20 世纪 30 年代"左翼"革命文学家的努力,到 20 世纪 40 年代毛泽东《讲话》的发表标示着它在抗日根据地(解放区)的基本确立。毛泽东是把"文艺批评"作为"文艺界的主要斗争方法之一"来看待的。既然作为"斗争方法",文艺批评就应当服务于现实的阶级斗争,而且也应当有个标准,而这个标准就是毛泽东在《讲话》中强调的,文学批评"总是以政治标准放在第一位,以艺术标准放在第二位"的。若用这种标准来检视"五四"以来的现代文坛,不尽如人意的地方当然很多,即使是作为"五四"新文学旗手的鲁迅,也有他的局限。他的杂文风格,在黑暗的旧时代,无疑是正确的,但如果照搬到延安恐怕就行不通。延安的革命文艺,必须服务于非常时期的政治(即抗战)。其实,除了革命文艺与抗战政治外,文艺与政治还有更为广阔的空间,还有非革命(但绝不是反革命)文艺与非抗战(但绝不是反抗战)的政治。按理,以毛泽东的文学才华、文学修养及其性格,他不会不明白这一点。丁玲曾对此有过描述:毛泽东应该会比较欣赏那些艺术性较高的作品,甚至会欣赏一些艺术性高而没有什么政治性的东西。但他为什么将政治性置于艺术性之上,将政治标准放在第一位,艺术标准放在第二位,甚至否认有和政治并行或相互独立的艺术呢? 丁玲的解释是,作为一个伟大的政治家、革命家,毛泽东"担负着领导共产党、指挥全国革命的重担,他很自然的要把一切事务、一切工作都纳入到革命的政治的轨道。在革命的进程中,责任感使他一定会提倡一些什么,甚至他所提倡的有时也不一定是他个人最喜爱的。但他必须提倡它"[①]。说到底,这里

[①] 丁玲:《丁玲论创作》,上海:上海文艺出版社,1985 年,第 168 页。

寓含着一个"身份意识"问题。

在20世纪40年代的抗战语境中,毛泽东尽可能地营造了一种单一性政治文化语境,确立"文艺从属于政治"的批评标准。后来,随着毛泽东政治领袖与思想权威双重身份的确立,"政治标准第一"在实践上往往演变成"政治标准唯一",文学批评在寻找政治标准的同时,也将权力话语注入其中。这种范式化的批评已经在延安文艺整风运动中,在批判王实味的时候已表现出来。而在作家作品的批评中,则是极端的权力话语控制了批评范式的形成,其主要表现在以下三个方面:一、批评一篇作品,首先是判定作品的立场问题,即寻找作品的政治倾向以及思想内容是否正确,成为文学批评的思维基点;二、主观武断、粗暴、随意的批评文风以及语言上的非学术化倾向成为批评话语的显在方式;三、对作品艺术性的忽视或干脆视而不见。这种现象在解放区的文学批评中较为突出、明显。

1942年11月,对狄耕(张棣赓)的小说《腊月二十一》的批评,显示了主流话语下的文学批评的新动向。周扬在题为《〈腊月二十一〉的立场问题》一文中,指斥《腊月二十一》存在着严重的政治立场问题:"说你没有立场,这是一点都没有冤枉你,你是没有站在人民的立场、民族的立场上,至少这篇小说中表现出来的是如此。"①周扬的批评并不是建立在作品审美分析的基础之上,而是简单粗暴甚至十分武断地将作家作品与政治立场联系起来,并上升为政治问题。"政治立场"成为他构建文学批评文本的思维基点和逻辑起点。而这种类型的文学批评后来居然成为一种"时尚",在根据地(解放区),大多数批评文章的主要工作就是为作家作品判定政治立场,然后判定是为政治服务或为工农兵服务的,还是犯了立场错误,脱离了工农兵方向的。

---

① 周扬:《〈腊月二十一〉的立场问题》,载《解放日报》,1942年11月8日。

在文学批评中,怎样判定一部作品的政治倾向性,不仅是批评的标准,而且也是立论的基本方式。在 20 世纪 40 年代解放区的文学批评中,这个判定只有一个方式,就是看作品是否表现了工农群众形象,是否写出了工农群众伟大而崇高的精神。因为这在"表面上看属于取材问题,但实际是立场方法的问题","我们的文艺既然是为人民服务的,就应当以工农兵为描写和表现的主要对象"。① 在这一时期,文学批评往往是评价代替了分析,作品价值的政治化肯定取代了学理性的客观批评。冯牧在评论赵树理的《李有才板话》时就是从作品"最早地成功地反映了解放区农民翻身斗争"②这一题材的价值意义着眼的。另外,从冯牧的评价中,我们还可以看出,在抗战初期形成的民族与民主斗争的时代主题已被阶级斗争、农民翻身主题所取代的历史趋向,它已成为根据地评断作品价值的标准之一。茅盾的《论赵树理的小说》也难以承担作家作品论的任务,至多可以说是对赵树理创作立场的肯定和读后感式的评论。解清在《从〈王贵与李香香〉谈起》一文中所看好的是作品"不仅题材新鲜,风格简明,而且极生动,极有地方特色地为我们刻画了一幅边区土地革命时农民斗争图画"③。当作品的题材、政治立场得到确立和肯定后,批评家剩下的任务就是复述一下作品的内容,或就作品的故事情节作一次串讲。燎荧批评丁玲的《在医院中》的文章,就有这种政治化、简单化的倾向。

而这种政治化的文学批评在新中国成立后的 50 到 70 年代,逐步走向了"一体化"和极端化,政治标准也由"第一"走向了"唯一",并开始由批评走向批判,直至上升到全国性的政治

---

① 林默涵:《关于人民文艺的几个问题》,载《群众》周刊第 19 期,1947 年 6 月 5 日。
② 冯牧:《人民文艺的杰出成果——推荐〈李有才板话〉》,载《解放日报》,1946 年 6 月 26 日。
③ 解清:《从〈王贵与李香香〉谈起》,载《解放日报》,1946 年 9 月 22 日。

色彩极其浓厚的群众性大批判运动。在大多数情况下,文学批评已不是一种"个性化"、"科学化"的作品解读,抑或鉴赏活动,而是"体现政治意图",并对文学活动和主张进行"裁决"的手段。"作为文艺界的主要斗争方法之一",它"承担了保证规范的确立和实施,打击一切损害、削弱其权威地位的思想、创作和活动的职责。一方面,它用来支持、赞扬那些符合规范的作家作品,另一方面,则对不同程度地具有偏离、悖逆倾向的作家作品,提出警告"。① 如对电影《武训传》的声讨,对萧也牧的《我们夫妇之间》、《海河边上》等小说的苛责,对俞平伯的《红楼梦研究》和胡适观点的批判,对"胡风反革命集团"的清洗,对"丁陈反党集团"的整肃,以及"文革"时期对周扬的"文艺黑线"的斗争等,这些大规模的具有运动性质的批判,均已溢出了"文学"和"文学批评"的范畴,无一不给新中国的文艺思想、文学创作和文学活动带来了许多负面影响,而这种影响直到现在尚未完全清除,它在新的形势下又产生了许多新的变种。

---

① 洪子诚:《中国当代文学史》,北京:北京大学出版社,1999年,第25页。

结语

20世纪40年代的中国文学,是在民族救亡与人民解放的战争语境中负重前行的。20世纪40年代的文学论争与当代文学规范的建构,也正是在这样的历史语境中生发并逐步展开的。在20世纪40年代的文学论争和当代文学规范的建构中,无论是激进主义者,还是保守主义者;无论是西化论者,还是中国化论者;无论是强调民族本位,还是主张全盘西化;无论是资本主义论调,还是社会主义论调,他们都很难摆脱战争的历史语境和"古今中外"这一文化观测和投射的制约。所以,不论是民族与阶级斗争主题的转化,还是"化大众"与"大众化"的语言纠缠;不论是"旧形式"的利用,还是"民族形式"的探究;不论是对鲁迅为代表的"五四"文学方向的坚守,还是对延安文学的"工农兵方向"的维护;更遑论现实主义与"主观"问题的僵持不下,文学批评从政治标准"第一"到"唯一"的转化……以上所有问题的探讨,其关节点并不是文学要不要现代化和民族化,而是通过什么样的转换路径,实现一个什么样的现代化和民族化的问题。20世纪40年代知识分子(作家)在战时所倡导的种种文学主张,都应看成是在这一宏观历史文化语境的规约下所进行的不同路向探索,都是一种话语表达的需要和策略,其真实的状态只有一个,那就是如何实现中华民族的现代化。中国现代文学在20世纪40年代的发展,当代文学规范在40年代的建构,基本上就是沿着现代民族主义这一价值路径,以自己的符号体系,来表现和传达战时中国知识分子(作家)不断求索的精神追求历程。

在20世纪40年代,中国文学追求现代民族主义这一价值目标的宏观历史文化语境,还隐含着创建现代民族国家的整体构建这样一个潜台词。在20世纪40年代,战争把中国分割成几个不同政治形态的区域,中华民族的独立统一与民族国家的繁荣富强,也正是现代中国知识分子(作家)潜在的社会价值目标追求。因此,当代文学规范的构建与中国现代民族国家建构的内在统一性要求,使得20世纪40年代纷繁的文学论争从整体上显现出颇具意识形态色彩的社会价值规范存在。由于国民政府的独裁统治已抽空了中华民国政权自由民主制度的根基,在民族生存压力和"古今中外"文化激烈冲突的交互作用下,中国现代民族国家的构建很快转向了对具有乌托邦色彩的人民民主主权制度的向往与渴求。正是基于这样的时代政治与文化心理,中国文学的现代民族化追求,就具有了中国现代民族主义的意识形态色彩。由此以观40年代的"旧形式"、"民族形式"的讨论,当然就不是一个单纯的艺术形式的问题。对传统文学、民间文学形式的借用与转换,其实都是以现代民族主义话语为背景的。

所以说,发生在20世纪40年代的文学论争,尽管论争双方(或多方)提出的文学观点和创作倾向尖锐对立,甚至互不相容,其焦点都集中在普泛意义和隐喻意义上的"文学与政治"关系的不同阐释。正是在这样的历史文化语境中,不论是文学理论批评、文学创作实践,还是新的文学规范建构,文学自足的审美现代性因常常被忽视而表现为失语状态。也正是在这样的历史文化语境中,诸如梁实秋、沈从文、朱光潜、胡风等人的文学主张和美学追求也就愈发显得弥足珍贵。

当代文学的发生及其规范的建构,是一个"历史化"的过程。这里不仅有20世纪40年代中国人民抗击帝国主义的入侵和缔造现代民族国家的社会、文化实践作为必要的语境和规约条件,而且在这一过程中还应完成必备的思想文化资源的准备,以及在历史叙事的形式中诉诸意识形态的功能。这也正是我们借助安德森的现代民族主义理论,通过对 20 世纪 40 年代文学论争与当代文学规范建构关系的研究所获得的理性认识。

附录一 "民族形式"论争与毛泽东战时文艺现代民族化构想

中国现代文艺自诞生以来就存在一个如何与中国民众的生活、民族文化的传统结合,从而形成新的民族形式和创造新的民族文艺的问题。"左联"时期,虽有过多次关于大众文艺的讨论,终因历史条件的局限,文艺大众化从理论到实践均未能深入开展。"民族形式"问题的提出及其后展开的论争,虽与文艺大众化的讨论紧密相连,但因其特殊的战争背景,使得论争被重重地烙上政治文化的印记。论争中文学属性淡出,更多体现为不同政治意识形态和势力的碰撞与交锋。在这场论争中,政治和战争因素构成了论争的核心,并最终决定了论争的进程及战时文艺现代民族化的路径选择。

一

抗战爆发后,由于民族意识的高扬,如何在文艺创作领域彰显民族意识,突出民族特色,唤起全民抗战,已成为这一时期文艺论争的焦点和理论建设、创作实践的主要追求目标之一。尽管此前在抗日根据地就有关于话剧民族化的讨论,在国统区,茅盾、胡风和向林冰等人围绕"旧瓶装新酒"展开的论争,但"民族形式"作为一个口号,是 1938 年毛泽东在中共六届六中全会上做《中国共产党在民族战争中的地位》的报告中提出来的。毛泽东指出:要把"国际主义的内容和民族形式"结合起来,创造"新鲜活泼的,为中国老百姓喜闻乐见的中国作风与中国气派"①。毛泽东之所以在这个时候做出这种"决策性"的认识,显然是出于政治的目的。首先是抗战形势的推动和现实民族斗争的需要,其次是中共为消除王明路线影响所进行的党内高层斗争和将要开展的全党整风运动的需要,再次也包含着某种摆脱共产国际"指手画脚",以获得民族自主的现实动机。诚然,这里也不排除毛泽东想用民族文化来整合外来文化的设想。若从文化思想上看,毛泽东无疑是受到瞿秋白的马克思主义思想和陈伯达、艾思奇等"新启蒙运动"者的直接启发。不过,与陈伯达、艾思奇等人以往主要把"民族形式"局限在旧文化形式方面不同,毛泽东这里的"民族形式",除了指现成的需要利用的旧形式外,还包括面向未来创造新的文化民族形式问题。

毛泽东的号召直接指导和推动了"民族形式"问题的讨论。在抗日根据地,柯仲平最早把毛泽东的经典论断引申到中国文化、文艺如何发展的路径上来,并以电影艺术为例,提出了西方文化中国化的必要性。②巴人则从民族的形式与内容、作家的基本素质等方面对此做了进一步的阐释。③陈伯达更是从毛泽东讲话的意识形态背景出发,把毛泽东所说的"民族形式"问题和通俗文艺运动中的"旧形式"联系起来,并把创造文艺的"民族形式"提升到不容置疑的文艺运动方向和新文学发展目标的高度。④

在抗日根据地关于"民族形式"的讨论中,艾思奇和周扬的观点颇具代表性。艾思奇认为:现在文艺界的中心急迫任务在

---

① 毛泽东:《中国共产党在民族战争中的地位》,见毛泽东选集编辑部《毛泽东选集》(一卷本),北京:人民出版社,1964年,第485~501页。
② 柯仲平:《谈"中国气派"》,载《新中华报》,1939年第3期。
③ 巴人:《中国气派与中国作风》,见陈寿立编:《中国现代文学运动史料摘编》(下),北京:北京出版社,1985年,第91页。
④ 陈伯达:《论文化运动中的民族传统》,载《解放》,1938年第46期,第64~65页。

于"把握旧形式","真正的民族的新文艺是要能够在广大的民众中发生力量的"。① 艾思奇是站在"新启蒙运动"的立场,结合"抗战"这一中心任务,从文艺的形式、内容及发展层面提出了构建民族新文艺的设想。周扬在主张充分利用旧形式的同时,又特别强调利用旧形式只是发展民族新形式的"一个必要的手段,必要的努力",最主要的"还是依靠对于自己民族现实生活的各方面的绵密认真的研究","离开现实主义的方针,一切关于形式的论辩,都将会成为烦琐主义与空谈"。②

周扬还反对那种因"五四"新文学吸收了西方的新形式和新观念就将其简单否定的观点。他充分肯定鲁迅的《狂人日记》等小说,就是一种带有"欧化"色彩的新创造的民族形式。因此,他认为"完全的民族新形式之建立,是应当以这为起点,从这里出发的"③。显然,周扬所持的立场、观点及言说方式与上述四者不同,他是站在"五四"新文艺的立场上,既考虑到现实需要,又论及如何面向未来,创造新的文艺民族形式问题。

从 1939 年初开始,在抗日根据地、国统区和香港等地的知识分子(作家)以不同的形式就"旧形式"问题,围绕着创造文艺的"民族形式"展开了讨论。在最初阶段,参与讨论的各方均表达了各自对"民族形式"内涵的不同理解,以及如何构建文艺"民族形式"的不同设想,观点虽有分歧,但尚未形成论争。

二

1940 年 2 月,毛泽东在《新民主主义论》中提出的"中国文

---

① 艾思奇:《旧形式运用的基本原则》,见陈寿立编:《中国现代文学运动史料摘编》(下),北京:北京出版社,1985 年,第 85~91 页。
② 周扬:《对旧形式利用在文学上的一个看法》,见《周扬文集(一)》,北京:人民文学出版社,1984 年,第 296 页。
③ 周扬:《对旧形式利用在文学上的一个看法》,见《周扬文集(一)》,北京:人民文学出版社,1984 年,第 294 页。

化应有自己的形式,这就是民族形式,新民主主义的内容——这就是我们今天的新文化"的论断,为正在开展的民族形式问题的讨论指明了方向,也再次把延安正在开展着的"民族形式"问题的讨论引向深入,并就"五四"以来新文艺的评价问题展开论争。

在此之前,艾思奇已在"利用旧形式"的讨论中对"五四"新文化传统进行了反思性批评。何其芳则充分肯定"五四"新文学业绩,认为目前所倡导的"民族形式","不过是有意识地再到旧文学和民间文学里去找更多的营养……而不是重新建立新文学","民族形式"的基础"无疑地只能放在新文学上面"①。鉴于当时的战争环境和特殊的政治文化背景,在抗日根据地,有关"民族形式"的论争也不可避免地烙上政治意识形态的印记,我们从陈伯达与王实味的论争中可见一斑,甚至能从中嗅出无限上纲的味道。

在这场论争中,尽管前后有周扬、何其芳、王实味等人极力为"五四"新文学的合法性辩护,把新文学视为旧文学的正当发展。但是,在抗日根据地,"民族形式"问题其实是作为一项政治思想任务和战时文艺政策来贯彻实施的,目的是为了配合延安中共意识形态"整合"和战时文化建设需要,因此,学理性论争不可能深入展开。

毛泽东关于文艺"民族形式"的相关论述传入国统区后,国统区关于"民族形式"问题的讨论开始由意见分歧发展成为论争,最先由通俗读物编刊社同人引发。日渐边缘化的境遇促使通俗读物编刊社试图借延安的权力话语,来重新确立"旧瓶装新酒"创作方法的正当性和中国文化本位论的立场。最初主要围绕着所谓民族形式的"中心源泉"问题展开,涉及民族文化遗产的批判继承、"五四"新文艺的历史功过等。

---

① 何其芳:《论文学上的民族形式》,陈寿立主编:《中国现代文学运动史料摘编》(下),北京:北京出版社,1985年,第95页。

通俗读物编刊社代表人物向林冰在继其"旧瓶装新酒"之说后，又提出了"民间形式"是"民族形式"的中心源泉的观点①。由于该理论观点触及"谁是中国当前文化正统"的原则问题，自然引起了新文学拥护者的强烈反对。葛一虹就认为向林冰是在开文学发展历史的倒车，无产阶级文化只能由"五四"新文化传统发展而来，不能倒退到旧民间文化基础之上。我们应继续"五四以来新文艺艰苦斗争的道路，更坚决地站在已经获得的劳绩上，来完成表现我们新思想新感情的新形式——民族形式"②。

作为"五四"新文艺传统的"代言人"，胡风认为："五四"新文化是无产阶级兴起后"世界进步文学传统的一个新拓的支流"，"五四"新文艺不仅是进步的，而且是民族的，"创造民族形式"的同义语就是"发展新文艺"。③ 葛一虹、胡风等人虽批评了向林冰在"利用旧形式"以及对待"五四"新文学问题上的错误观点，却又无视"旧形式"中的精华和新文学本身存在的缺点，对"旧形式"采取的基本上是全盘否定的态度。

站在新文学立场思考民族形式，批判向林冰观点的还有郭沫若、茅盾等人。他们一致认为向林冰的"中心源泉"论，"表面上虽似欲建立民族形式，实际上却是延长了应该淘汰的封建社会文艺形式的寿命"④，"民族形式的中心源泉，毫无可议的，是现实生活"⑤。在"民族形式"问题的论争中，郭沫若、茅盾等人虽明确表示了不同意向林冰的观点，但也认为新文学存在着

---

① 向林冰：《论"民族形式"的中心源泉》，陈寿立编：《中国现代文学运动史料摘编》（下），北京：北京出版社，1985年，第102页。

② 葛一虹：《民族形式的中心源泉是在所谓"民间形式"吗》，见陈寿立编：《中国现代文学运动史料摘编》（下），北京：北京出版社，1985年，第106年。

③ 胡风：《论民族形式问题的提出和争点》，载《中苏文化》，1940年第10期，第5～7页。

④ 茅盾：《旧形式、民间形式与民族形式》，见陈寿立编：《中国现代文学运动史料摘编》（下），北京：北京出版社，1985年，第116页。

⑤ 郭沫若：《"民族形式"商兑》，见陈寿立编：《中国现代文学运动史料摘编》（下），北京：北京出版社，1985年，第110页。

"未能切实地把握时代精神,反映现实生活"和"用意潜词的过求欧化"等弱点。

这场论争所涉范围之广,参与人数之多在中国文学史上实属罕见。虽说对正确认识与解决战时文艺的民族化与大众化问题,起到了一定的指导和推动作用,对创作实践也产生了积极的影响,但缺点也显而易见,诚如有些研究者所言,主要是重形式的讨论而忽视内容的意义,尤其是对作家深入生活和改造思想在创造民族形式的重要性上认识不足。

三

由于政治意识形态的推波助澜和战时民族文化心理的潜在驱动,在这场"民族形式"的论争中,论争的天平最终还是倾向了民间形式。不论是国统区还是抗日根据地,多数知识分子(作家)皆通过对"民间形式"、"民族形式"的强调而排斥对西方现代文艺的学习与借鉴,客观上实现着对中国文艺传统形式和内容的回归。姚雪垠的小说《差半车麦秸》和《牛全德与红萝卜》,率先在国统区小说创作中进行了民族化和大众化的成功尝试。在抗日根据地,群众性诗歌创作盛极一时,新民歌、说唱文学也曾大量涌现;李季、阮章竞的"民歌体"叙事诗,赵树理的"评书体"小说形式,柯蓝、马烽、西戎、孔厥、袁静等创制的"新英雄传奇"体式等影响较大。此外,抗日根据地的新秧歌剧和传统戏曲改革也收效显著,新歌剧《白毛女》及其集体创作形式不仅在当时反响强烈,而且还作为一种革命文学创作的经验延续到新中国成立以后的文艺创作中。

而从根本上完成战时文艺现代民族化审美品格转换和最终的路径选择要在1942年,即毛泽东《在延安文艺座谈会上的讲话》(以下简称《讲话》)之后。当时,毛泽东是以中共最高领导人身份谈文艺问题的,因而具有很强的政治价值取向和实践性特征。在《讲话》中,毛泽东明确提出了战时革命文艺必须"为群众"和"如何为"的理论构想。① 在抗日根据地,作家及其创作已经不是要不要抛弃"五四"新文艺传统的问题,而是要把思想情感全部转移到农民文化立场上来,全面深入到工农兵群众火热的战斗生活中去的问题。

毛泽东的《讲话》是抗日根据地工农兵文艺的政治和行动纲领,它不仅在理论上提出了"工农兵方向",在政策上规划了如何实施的步骤,而且还在思想意识形态方面解决了严重的小资产阶级思想倾向问题。文艺座谈会以后,《讲话》精神在抗日根据地得到彻底地贯彻实施。首先是通过召开文艺座谈会,对延安文艺工作者进行思想上整风;随后是开展审干运动和抢救运动,加强组织上整顿;接着是"下乡运动",全体文学家、艺术家统统下放到农村,解决文艺工作者与实际结合、文艺与工农兵结合的两大问题。具体是"鲁艺"首先整风,重点解决专门化和"关门提高"问题;中央研究院连续召开批判王实味的座谈会,彻底清除小资产阶级思想意识;《轻骑队》编委会改变编辑方针,"文抗"宣布解散,其他文化团体、文化机关相继下乡。

延安文艺界经过整风,尤其是经过审干和抢救运动洗礼过的知识分子(作家),他们大多主动或被动地走进了农村,走上了前线,深入到工农兵生活中,并用自己所获得的灵感与素材,开始了一种他们以前并不熟悉的新型艺术创作实践,依此来践行毛泽东的"新文艺"猜想。这一时期,毛泽东也身体力行,借如椽之笔,为中国现代文学画廊增添了三个具有时代精神的崭新的工农兵形象。一是全心全意为人民服务的八路军战士张思德,二是"毫不利己,专门利人"的加拿大援华大夫白求恩,三是不畏艰难、挖山不止的老愚公。这些极具象征意义的典型形象,不仅为根据地知识分子(作家)的文艺创作树立了样板,

---

① 毛泽东:《在延安文艺座谈会上的讲话》,见毛泽东选集编辑部:《毛泽东选集》(一卷本),北京:人民出版社,1964年,第804~835页。

同时也成为现实生活中人们行动的指南,其影响一直延续到新中国成立初期。

在《讲话》精神指引下,延安及各抗日根据地(包括此后的解放区)涌现出一大批书写工农兵的作家作品,创造了一系列新型的工农兵形象,这些作品对于鼓舞工农兵群众的革命斗志,宣传革命理想都起到了不可低估的作用。田间、李季等人的诗歌,王震之、贺敬之、王大化等人的戏剧,赵树理、丁玲、孙犁等人的小说,黄钢、华山、吴伯箫等人的报告文学与散文,以及更为轰轰烈烈的群众性文艺活动将抗日根据地(解放区)工农兵文艺运动推进到一个新的发展阶段。可以说,《讲话》开辟了20世纪中国文艺"写工农兵"的新时期。

"民族形式"的论争以及由此引发的诸多问题,皆是在抗日救国与建国需要对广大民众进行广泛有效的动员情形下展开的,战争和政治意识形态的需要最终左右了论争的进程和现代文艺发展的方向。随着抗日战争结束和解放战争的胜利,文艺的"工农兵方向"最终在全国范围内确立起来。在抗战时期,毛泽东所提出的文艺现代民族化构想也在新中国成立后得以全面贯彻和实施,它恰恰应验了鲁迅生前关于文艺"大众化"的实现"必须政治之力的帮助"①的预言。

---

① 鲁迅:《文艺的大众化》,载《大众文艺》,1930年第3期,第3~4页。

附录二 在"规范"的丛林中艰难跋涉
——重读萧也牧小说《我们夫妇之间》

萧也牧的小说《我们夫妇之间》写于1949年秋天,1950年发表于《人民文学》第1卷第3期,当时全国有四家报纸转载了此小说,上海昆仑影片公司也立即将它搬上了银幕。在小说发表和影片上映之初,不少报刊对此尚有好评。但好景不长,原著和影片均被作为宣扬小资产阶级思想的作品遭到来自社会多方面的严厉批判,萧也牧本人也因此一蹶不振,命途多舛。究竟是一篇什么性质的小说在当时能引起如此大的波澜,给作者人生带来如此大的变故?后来,其好友康濯在回忆性的文章中对此有较客观的描述:"萧也牧革命一生,始终热爱生活和追求锻炼、改造,在我们的关系中就从不隐瞒自己的缺点和不足,解放初期并通过小说《我们夫妇之间》对此有所反映。这篇文章同他本人的生活或许不无丝毫联系,如小说中所写,他这个知识分子出身的干部就是战争中同一位贫农出身的女工结婚的,进城初期双方也确有点矛盾。但正如小说写的那样双方都是好同志,其矛盾并非偶然,也不难解决……发表的初稿记得确有过缺点,主要是工农干部个别地方似略有丑化,对知识分子干部一二细节的点染也或有过分;然而即使如此也并不影响作品积极一面的基本倾向。"[①]从以上文字中我们可以约略看

---

① 康濯:《斗争生活的篇章》,见张羽,黄伊:《萧也牧作品选》,天津:百花文艺出版社,1979年,第1页。

出，作为好友的康濯对过往之事仍心有余悸，出言也十分谨慎。其对该小说的评价虽不同于新中国成立初期陈涌、冯雪峰、丁玲等人的"左"的偏颇，但仍含有某些折中的意味。半个多世纪过去了，今天，当我们拨开历史的迷雾，以后来者的眼光重新审视这部作品时，感喟之余，可能另有一番体察与感悟。

一、历史的显在认同

萧也牧小说《我们夫妇之间》从创作到发表均处在一个特殊的历史时期。当时旧的政权被彻底推翻，新的政权刚刚成立，中共的战略重心也正开始大的转移——由农村转向城市，并从此开始了建设社会主义新中国的历史阶段。建设不同于革命，和平不同于战争。如何面对新形势、新环境，正确认识和处理生活工作中遇到的各种新情况、新问题这一光荣而艰巨的任务又摆在执政党的面前。作为中国革命的主要力量——工农兵及知识分子也同样面临转型期诸种情况和问题。可能是由于知识分子的天性：思想深邃、目光敏锐、嗅觉灵敏；也可能是由于新中国的成立给了诚挚的文化人以巨大的精神鼓舞，他们天真地认为，发挥知识分子参政议政作用的时代已经到来，社会需要真文学的时代已经来临。他们要借助文艺这一阵地，充分发挥文学作为社会的晴雨表和时代风向标的职能作用。正如萧也牧所说："我要在感情、技巧方面有点新东西。"小说《我们夫妇之间》的创作与发表可谓适逢其时，它借助于文学手段，从不同层面来透视一个从农村进入北京城后的革命家庭日常生活状况，真实而生动地再现了入城后作为知识分子的"我"与作为工农干部的妻子在新形势下，新的生活环境中所产生的种种矛盾纠葛。并通过对"我"与妻子的内心世界的真诚剖析，揭示了矛盾产生的根源，艺术地回答了工农及知识分子如何面对新形势新环境，正确地认识与处理既是家庭的又是社会的，既是历史的又是现实的，既是文化的又是政治的诸种关系和问题。

小说开篇写到:"我是一个知识分子出身的干部,我的妻子却是贫农出身。她十五岁上就参加了革命,在一个军火工厂里整整做了六年。"这里,作者明确地划定了"我"与妻子不同的身份和来自不同的阶层。在那样一个特殊的年代,身份的划定与指认从某种意义上讲就是社会政治地位的确认与提升。"我"的身份决定了我在社会和家庭中的从属地位与辅佐作用。这不是"我"对妻子的恩赐,而是当时的主流意识形态对"我"的指认。我们知道,中国是传统的农业大国,农民占全国人口的大多数,传统中国的社会财富基本上是由农民创造的。古代"民为邦本"的"民"主要指农民。"五四"时期,农民虽然成为被启蒙的对象,但这一事实同样说明,在现代知识分子那里,农民仍是民族国家的主体,农民的进步才真正意味着中华民族的进步。20世纪40年代的社会革命运动中,农民一直被视为革命的主体,革命的生力军。在革命领袖的思想意识中,农民也是最伟大的。即使是革命胜利了,中华民族开始了社会主义建设的伟大事业,然而,工农兵(从出身与知识构造看,基本上属于农民或农民家庭)这种稳固的社会政治地位不但没有动摇或削弱,反而得到不断巩固与提高。再看知识分子,从20世纪40年代,在抗日根据地及此后的解放区,知识分子到农村去,与工农兵结合,接受教育,到50年代的文艺运动,再至六七十年代的"文化大革命",教育、锻炼、改造和斗争的对象首先都指向了知识分子。知识分子的从属地位与辅助作用从古至今早已被确定了的。从"十七年文学"中我们也能发现这样一个事实。"十七年文学"的决策者和作家们对作为国家主体的农民从感情上就产生一种强烈的亲和性,沉醉于对他们如梁生宝、朱老忠、李双双等人身上美好品格想象性的赞美与描写中,对他们如朱老定、梁三老汉、喜旺等身上的非社会主义倾向做善意的调侃,一往情深地叙述他们的成长历史;通过他们,作家们抒写了自己对新中国的认同感、自豪感。反之,"十七年文学"中的知识分子如林道静等,主要是在与作为国家主体农民的比照中被描写的,他(她)们要接受农民的改造,向农民赎罪,以清除被认为具有资产阶级的个人主义思想。这既是主流意识形态的规训,间或也有作家自身的主观努力。萧也牧也未能完全脱俗,《我们夫妇之间》虽在思想情感和艺术形式上做出了一定的突破(用日常生活题材来表现政治主题),但在主旨的归属上最后仍滑向了对"主体"的认同,再现了知识分子与工农结合的典型模式。尽管作者尊重生活的原生态,大胆地写出了女主人公、农民出身的干部张同志(我的妻子)性格褊狭、固执、保守,以及她对城市生活的拒绝甚至是敌视的一面。但是,作者又通过情节的设置与情境的安排,如妻子对小娟的情感态度,果断处理"七星舞厅"打人事件,"我"对妻子过去的追忆等生活片段的叙写,最后得出了原来"我与妻子之间的一切冲突和纠纷,原本是一些极其琐碎的小节,并非生活里最根本的东西"的结论!所以"我"就决心"用理智和忍耐,甚至是迁就,来帮助她克服某些缺点"。然而,就在"我"准备对妻子实施拯救的时候,妻子的自我转变开始了,从思想观念到生活方式到工作方法,并给了"我"很大的冲击,反而促使了"我"对自身的认识与解剖,于是一场拯救与反拯救的故事在"初恋似的幸福中"圆满结束。

在小说中我们可以看到,妻子的转变完全是认同新环境的结果,是认同城市文化与城市文明的结果,是主动的"自在"的行为,并非是作为知识分子的丈夫对工农出身的妻子的全面改造。纵观全篇,"我"是始终处在一个被动的位置上的。进城之后,"我"在生活、工作中所感到的诸多优势,每次皆因妻子风风火火的强行介入而被一一解构,妻子始终处在一个主动的、支配的地位。尽管妻子态度粗暴,言行粗俗,方法简单,个性倔强,但是每次她的行为结果都被事实证明是正确的。正如《一件小事》中车夫的言行对鲁迅产生的鞭策与激励一样。所以说,小说中"我"在家庭日常生活中的被动状态与从属地位是切合社会主流意识形态对"我"的身份、地位及作用的认同的,作者对小说中"我"的这种低调甚或是灰色处理,完全是被动式屈从,或是主动迎合主流意识形态在不同历史时期对知识分子所扮演的角色要求与安排,这可能正是作者要借助小说文本诉诸社会,告知读者的。

二、现实的潜在解剖

若单从"历史的显在认同"这一角度去解读《我们夫妇之间》,只能从总体上把握作品主旨的大致趋向,以及作者创作时的显在意图。若从作品本身表露出的"症候"上看,仍有些许现象和问题竟难以圆说。比如,同样从农村进入城市,作为知识分子的"我"如鱼得水,对新的生活表现出无比的喜爱,而妻子却对此充满了拒斥,甚至是敌视。其次,在农村时,原本被称为"知识分子与工农结合的典型"家庭,为什么在入城后却时时充满着紧张,以致出现了危机呢?再次,固执、倔强、专横、霸道的性格为什么会在入城后的妻子身上出现,而不是在知识分子"我"的身上出现?所以说,"历史的显在认同"可能只是作者在读者面前扯起的一张虎皮,现实问题的潜在解剖与披露才是小说真正的意蕴所在。"认同"只是为了遮蔽解剖刀的锋芒,以使问题的披露显得温和、柔顺些而已。这恰是作者的匠心所在和小说的独到之处。此中既有对过去一些摹写工农兵作品所采用的单一歌颂模式的突破与超越,又有作者直面现实和勇于担当的胆识与气魄。因为它深刻地触及潜隐在革命队伍中的矛盾与问题,以及这些问题所蕴含的巨大的危险性。

首先,小说披露了狭隘的农耕文明与开阔的工业文明的对立,禁欲主义同人性解放的对立。知识分子出身的"我"对城市生活如鱼得水,既反映了工业文明的吸引力,又反映了人对优雅、舒适生活的本能追求。而农民出身的妻子对城市生活的拒绝与敌视,并非是革命或进步的表现,实际是农民革命意识的映射,是农民文化观念中的保守性、封闭性和落后性的表现。作者通过妻子的狭隘、封闭和固执写出了农耕文明对现代化、对人的正当愿望的可怕威胁。这种威胁不只是来自她对别人的压抑与敌视,更来自她所代表的"革命主体"共同的理想追求,即把艰苦奋斗当作立人治世的根本。作者借助小说主人公自身生活环境与条件的转换形象地告诉我们:当我们在恶劣的条件下从事革命活动时,我们特别需要强调艰苦奋斗,可是当革命胜利后,我们必须走向现代化,必须使"人"从物质到精神都发生质的变化,由穿着上的衣衫褴褛到光鲜体面,由意识上的狭隘封闭到开阔开放,舍此,革命就失去了它的动力,失去了它对"人"的吸引。回顾新时期以前的教训,我们恰恰就是与此相悖,像妻子那样固执地坚守农耕时代的革命理想,结果给祖国的社会主义现代化建设事业造成了巨大的危害。

其次,小说还暗示我们,最可怕的还不是农民文化观念的保守性、封闭性本身,而是那些固守这种文化观念的人,他们总是以革命的姿态出现,并总想以激烈的方式将对方宣布为异端,必欲除之而后快的战争思维模式和行为。就像刚入城时的妻子一样,在家庭,会导致家庭生活的紧张,夫妻感情的危机,使原本"结合的典型"产生裂变。在社会,会表现出对他人生活的强烈干预,对不同政见者的无情打击,其结果将会严重贻误革命事业的顺利发展。联系此后几十年的历史,你不能不叹服小说在有意或无意中所体现出的深刻。令人深味的还有,固执、专横、霸道的性格为什么会在入城后的妻子身上出现,而不是在知识分子"我"的身上出现,原因就在于像妻子这样没有文化的人从来都是从最简单的层面上理解革命的。他们不是把革命变成一种破坏性的行为,就是把它当作自己称王称霸的手段。妻子入城后专横、霸道的性格正好可以由此去说明。小说中,妻子的形象给了我们这样的启示:如何使农民——中国民主革命的参与者,在取得革命胜利之后再获取文明的教养,以便他们能以更宽广的胸怀,更理性的方式解决这个现实世界的问题。否则他们只能给人们造成恐怖,给社会带来危害,给民族带来厄运。

三、"批评"的启示

作为"萧也牧创作中最好的一篇"①小说,一篇敏于反映社会现实,勇于干预社会生活的作品,问世年余,便连同改编的同名电影一起遭到来自同一阶层知识分子的"爆破式"批评。萧也牧也因文致祸,命丧黄泉,这可能是作者创作之初不曾想到的。笔者在对当年的批评文章进行梳理时发现,浓烈的"政治情结"贯穿了批评的始终。那些具有"政治情结"的人,单纯从政治的功利性出发去看待和利用文学,强调文学在阶级斗争中的"晴雨表"、"风向标"的性质,夸大文学的作用,从而把文学推到意识形态中心的地位,这不仅使文学和作家、评论家不堪重负,而且也使他们身不由己地卷进政治漩涡而毁灭自身。在对小说《我们夫妇之间》的批评中,有人就陷入"题材决定论"的怪圈,认为作者所选择的题材首先就是错误的。"要描写知识分子干部与工农干部结合的过程,决不能通过夫妇间日常生活中的争吵和和好来表现——这样表现是把政治主题庸俗化了"②。也有人就作者的创作意图提出批评,甚至不惜上纲上线。在《文艺报》编辑部为影片《我们夫妇之间》举行的座谈会上,韦君宜就认为"这样写出的作品,就不是按照党的要求来改造小资产阶级思想,而是想按小资产阶级思想来改造党,它迎合了某些人的趣味,起了坏的影响"。也有人就小说人物形象如何塑造提出不同意见。"如果要设计张同志的性格,就必须要从她的党性、她在政治生活中的骨干作用,以及她的劳动人

---

① 李士文:《不要忘记萧也牧》,载《当代文学》,1981年第1期,第48页。
② 陈涌:《萧也牧创作的一些倾向》,载《人民日报》,1951年第3期。

民的纯朴勤劳等等品质来表现"①。若撇开"政治情结"因素,仅从文艺创作的层面看,这种从题材上连根否定,把日常生活题材开除出文艺领域的观点,其错误显然是常识性的。

此外,在对萧也牧的批评中出现的谩骂、侮辱甚至歪曲现象,应引起重视和反思。比如,有人在批判文章中就把萧也牧视为具有"低级趣味"的"高等华人","有时读者会踢他(指萧也牧)一脚的,有如踢那种冲到他面前来的癞皮狗一样";其小说从头到尾对妻子抱着一种"玩弄"的态度,有些地方甚至不惜加以"歪曲","以满足他玩弄和'高等华人'式的欣赏的趣味"。②今天,我们若从文艺批评的角度看,这种带有谩骂和侮辱性质的批评,充满了人格侮辱和人身攻击的意味,根本就算不上是真正的文艺批评。而那种在批评中先夸大人物性格缺点,然后再指斥作者"歪曲",应该说这种批评本身体现的才是一种更危险的倾向,它给我们的文艺事业造成的危害,这在今天已经是有目共睹的事实了。

从以上批评者的言论中我们还可以看出,"政治情结"和二元对立的思维模式对新中国成立初期文艺创作及批评的影响。那些经历了革命洗礼和延安文艺整风运动的知识分子(作家),在接受党的教育,在向工农兵学习的过程中完成了自身的思想改造和性格蜕变,在他们的身上已呈现出一种新的文化特质和人格特征。他们像小说中的张同志一样,也自觉或不自觉地以革命的姿态出现,以激烈的方式将对方宣布为异端。所以,在新中国成立初期,在解读《我们夫妇之间》这样一篇具有突破性质的作品时,他们在批评中所表现出的那种紧张、焦虑,甚至不

---

① 丁玲:《作为一种倾向来看——给萧也牧同志的一封信》,洪子诚编:《二十世纪中国小说理论资料》(第5卷).北京:北京大学出版社,1997年,第61~62页。

② 冯雪峰:《雪峰文集》(第3卷),北京:人民文学出版社,1983年,第468~471页。

惜侮辱、歪曲就不难理解了。我们可否这样认为，这里既有对党性的某种坚守，对中共所建立的文艺路线的一种坚持，对业已形成的文学创作与批评范式的自觉维护，对工农兵"主体"地位的某种认同。有些批评也可能与批评者自身的经验教训有关，即在某种高压或威势面前，想通过对他人的批评甚至批判，以期达到与被批评者划清界限，谋求自保的意图，像延安整风时期丁玲对王实味的批判一样。所以，建立和依靠文学内部机制，解决文学本身问题尤显重要。文学批评的最终目的不是贬损、攻击而是尊重、建设，即使是批评某些失误性的作品，也是为了启发和帮助作家写出更新、更好的作品。历史也从另一个角度再次证明了萧也牧的不幸在当时正被一圈一圈地放大，最终被我们这个国家和民族一点点地咀嚼着，一口口地吞咽着。所以，淡化文学批评中的"政治情结"，充分理解作家作品，尊重历史，实事求是，着眼未来建设尤其必要。而那种在批评中所秉持的理性的、科学的精神与从容的风度更有助于今后文学事业又好又快持续发展，这也是重读萧也牧小说《我们夫妇之间》对于当今文学创作与批评应有的启示。

附录三　历史真实的想象与重塑
——"十七年"非革命历史小说人物谱系分析

"十七年文学"是在 1940 年代解放区文学基础上，在泛政治化语境下，文学权力阶层借助政治力量和解放区文艺工作经验，通过加强组织领导，制定文艺政策，发起文艺运动等方式，来保障业已建立的"文学规范"贯彻实施的背景下展开的。因此，"十七年文学"在艺术形态和基本风貌上，总体呈现出较为单一的政治化倾向。然而，在"持续不断的运动之间，也会有短暂的间隙……在这些间歇期中，文学观念、政策，会有所调整，在运动中受到批判的主张、创作倾向、艺术方法，又会以不同方式重新提出"[①]。

"十七年"历史小说作家的集体亮相和非革命历史小说（相对于"十七年"革命历史小说而言，以下论述皆在此层面展开，笔者注）的全面突围就发生在 1961~1962 年间。据笔者统计，这两年陆续发表在《人民文学》等刊物上的非革命历史小说竟达 30 篇之多。虽说非革命历史小说在建国十七年远没有形成强劲、持续的发展势头，但因其在题材选择、主题表达和人物形象塑造等方面呈现出与主流文学的"异质性"，自然备受文坛的关注。

在"十七年"非革命历史小说中，除了《李自成》（姚雪垠）和《曲径》（敏泽）分别以李自成和洪秀全等农民运动领袖为作品中心人物外，其他皆以古代文人、官僚或帝王为主人公，书写的

---

① 洪子诚:《中国当代文学史》，北京:北京大学出版社，2002 年，第 39 页。

是此类人物的喜怒哀乐和是非成败。这种题材的发掘,主题的偏离及作品中心人物的置换,在"十七年文学"创作中是颇有深蕴的。笔者借助对"十七年"非革命历史小说人物谱系的梳理与分析,旨在揭示当代知识分子在泛政治化语境下价值观念、审美理想、思维模式和叙事方式等诸方面所发生的深刻变化,切身感受那些貌似寻常、中规中矩的文字背后潜含着的作家(知识分子)对历史真实的想象,对作品主题的象征性表达,以及字里行间流露出的对现实政治的深情眷顾,对苍生社稷的深切关注,对社会人生的深刻思考,并以此探寻"十七年"历史小说作家与当代文学规范之间缠绵纠结的复杂关系。

一、文人想象:知识分子的传统反思

"十七年文学"是中国文学经由现代向当代转型时,在各文学派别间或同一文学派别内的竞争合作中,以及与现实政治的纠缠中曲折前行的。1950年代,伴随着中国经济和文化问题,以及当代文学自身在题材、形态和艺术风格上呈现出的单一化现象,引发了当时知识分子(作家)的忧虑与反思。1960年代,随着国家政治、经济领域相关政策的调整,社会生活和文化领域的控制放松,知识分子(作家)则重新提出了文学多样化的要求,于是,"十七年"非革命历史小说创作应运而生。以往在新中国强大的时代精神力量面前常常显得落落寡合的批判精神,以及对自由意志的怀恋、向往,重又在当代知识分子(作家)身上集聚、萌发,表现在文学创作上,"十七年"非革命历史小说作家试图借助对传统文人的文学想象,来展现他们的精神气度与深广情怀;试图通过对历史的纵笔书写,来重构中国知识分子的精神世界,伸张中国知识分子的理想人格。

"十七年"非革命历史小说书写的文人大多是古代的著名诗人,也有少数为画家。在历史与现实的想象中,作家们把笔触伸入到文人的精神世界,主要从两个方面表达古今知识分子的传统反思。一是刻画古代文人不随流俗、不慕权贵,坚持精神自由和人格独立的鲜明个性。如陈翔鹤的历史小说《陶渊明写〈挽歌〉》和《广陵散》便是其中的代表。黄秋耘曾撰文称之为"空谷足音","让人闻之而喜"。① 历史上,陶渊明与嵇康皆是个性鲜明、特立独行的知识分子,二人所持守的道德理想、价值观念与其所处时代的国家意志、主流观念大相径庭。1960年代,在国家意志占据主导地位,革命领袖和工农兵成为时代敬仰和歌颂对象之时,陶渊明、嵇康之类的历史人物,显然不符时代精神的大潮和现实政治的需要。值得深味的是,在小说中,作者刻意表现的是知识分子自觉地与权力中心(既有精神上的又有现实政治上的)保持双重的疏离与拒斥。一如陶渊明对白莲社的拒绝,对高僧慧远的否定,对刺史檀道济的憎恶,对不能脱俗朋友的批评。"匪贵前誉,孰重后歌,人生实难,死之如何"。《自祭文》中,陶渊明对现实的无可奈何的感喟,实质上也是作者,包括那个时代所有富有精神操守与立场原则的知识分子共有的苦闷心态。

曾堂的《扬州风雅文史遗篇》则通过对扬州众盐商及门客不择手段追慕郑板桥字画的嘴脸勾画和丑态描写,从正、侧两面展现了郑板桥蔑视权贵、规避朝廷的卓尔不群的文人品格。《扬州风雅文史遗篇》(之二)写郑板桥以两方烂石头古砚,机智地嘲讽了当时的古董商人,并借助题砚和题画诗文,表达文人"坚持守白,不磷不淄"的情怀。历史上的郑板桥诗、画、文俱佳,尤以画竹闻名。竹,在中国传统文化中被视为传统文人节操的象征。竹的坚韧挺拔、郑板桥的个性特征与作家所追慕的精神传统在这两篇小说中得到了统一。其他如徐俟斋(《画网巾先生》,程小青)与朝廷作对、潜隐深山老林的守"道"禀性等,都或多或少地传达了当下知识分子对理想文人的气质、风范重

---

① 黄秋耘:《黄秋耘自选集》,广州:花城出版社,1986年,第736~737页。

构的心声。

二是勾摄了历史文人心系苍生、伤时感世的心灵图片。1962年适逢杜甫诞辰1250周年,借此契机,以杜甫为原型的历史小说创作数量突增。如包金万、刘继才的《杜甫在夔州》、黄秋耘的《杜子美还家》、桂茂的《孤舟湘行记》、冯至的《白发生黑丝》、姚雪垠的《草堂春秋》等,形成了历史小说创作上的"杜甫现象"。其共同点是作家皆选择了"安史之乱"后,大唐帝国江河日下、乡村凋敝、民不聊生这一历史背景,凸显的是杜甫身经忧患、体衰多病,仍念念不忘国家民生这一忧愤深广的主题。这就与1960年代初知识分子的忧患意识达成了某种默契。即借助历史,以讽喻"大跃进"和"自然灾害"这一天灾人祸后中国社会现实的意图。他们试图"通过历史故事提出现实中的重大问题","隐晦曲折地表达人民的呼声"。① 诚然,从杜甫的形象中我们也能窥见现实中的作家(知识分子)忧国忧民的真挚情怀。

此外,"十七年"非革命历史小说在对历史文人精神世界的逼近中,还注意把人物置于生活的原生态,在对文人日常凡俗生活的描写中,卸掉了罩在文人头上的光环,力避同时期文学创作在人物形象塑造上的公式化、概念化弊病,使得作家笔下的历史人物显得较为真实可信,富有人情味。只是这些作品大多体现的是知识分子"个人话语"的表达,在"十七年"泛政治化语境下,这些异样的声音常常会被扣上"通过历史题材进行反党反社会主义的宣传","替反革命、右派作家喊冤控诉"的罪名②,以致"嵇康式"的历史悲剧在"文革"中再次上演。

二、官吏想象:知识分子的政治诉求

在中国历史上,"士"与"仕"之间有着某种天然的联系。虽

---

① 黄秋耘:《黄秋耘自选集》,广州:花城出版社,1986年,第2页。
② 颜默:《为谁写挽歌——评历史小说〈广陵散〉和〈陶渊明写挽歌〉》,载《文艺报》,1965年第2期。

说二者在语义层面上指代不同,但在实际应用中则成了知识分子官僚阶层的代称。这种思维定式的形成,可能与古代知识分子广泛参与社会政治事务有关。而文中所指涉的"官吏"也并不是一个内涵与外延皆十分明确的概念,尤其是"文官"层面,其在归属上完全可以放在上文"文人"系列中进行考察。为了论述方便,也因两者的主要行为特征尚有不同,所以此处使用了一个泛指的"官吏"概念。

通览"十七年"非革命历史小说,其所塑造的官吏形象大致可分为三类,即历史上的清吏、谏官和忠臣。三类官吏的形象塑造既与现实中的权力话语极力提倡有关,也与历史小说作家特有的知识分子情结和借历史小说曲折表达自己的政治诉求有关。其中,较为典型的是,著名明史专家吴晗于1960年前后集中书写的三部有关"清吏"海瑞的作品(《海瑞骂皇帝》、《论海瑞》、《海瑞罢官》)。其创作意图或是出于对中共高层领导主动倡导的积极响应,或是针对现实生活的实际需要有感而发。其目的无非是想借助历史上海瑞清正廉洁、刚正不阿、不畏权贵、为民请命的形象,来阐发和强调学习海瑞的"现实意义"。作品发表之初,社会反响强烈,其中,既有对作品的积极评价,也有对作者的由衷称赞。尽管几年之后吴晗及其作品便遭到姚文元等人的猛烈批判,成了现实政治斗争的牺牲品,但是,从吴晗笔下的"海瑞"身上,我们仍能强烈地感受到,在知识分子的"政治诉求"与现实政治需要的博弈中,非革命历史题材的文学作品在当时社会生活中所爆发出的正能量。

这一时期,在权力话语的倡导下,反映海瑞、魏征等著名封建官吏的各类文学作品明显增多。这一现象的出现,一方面可以视之为知识分子(作家)对权力话语的顺应、配合;另一方面,也可视之为知识分子(作家)借助权力话语,借用文学的形式,幽微曲折地传达知识分子的政治主张和精神诉求。蒋星煜的《李世民的镜子》(后收入其历史短篇小说集时改名为《李世民与魏征〉》)便是其中的一个范例。

类似的还有李束丝的《海瑞之死》和黄秋耘的《鲁亮侪摘印》。两部作品皆借助对古代清吏的歌颂赞美,来表达作者对时代英才的渴盼,对风清气正的时代精神的向往,其间也暗含了对"外饰忠鲠,内藏谄媚"之时风的讽喻与批判。

杭一苇的《逐荷夷》和李树权的《成功之路》,皆以郑成功为表现对象,刻画了他威武不屈、外抗强敌、保家卫国的英雄形象。李树权的另一部小说《万世流芳》则以"戊戌变法"为题材,生动地再现了谭嗣同为保皇帝和变法维新而舍生取义、义无反顾的忠烈性格。

以上小说较典型地体现了权力话语和知识分子话语对历史的不同想象与寄托,二者皆从"为我所用"的角度对历史作出了相应的理解。可能官方看到的是,"通过历史的真实,从中取得教育和鼓舞的作用,有利于今天的社会主义革命和社会主义建设"①,就像"清吏"海瑞、"谏官"魏征和"忠臣"谭嗣同等历史人物对于现实的意义和作用;而作家(知识分子)所看重的则是现实的讽谏、民声的传达,以及对自由意志和现实批判精神的张扬,其间也包含了对时代清明政治的向往与期盼。

可惜的是,上述非革命历史小说塑造出的系列官吏形象,大都是以扁平形态呈现出来的。造成这一现象的原因可能是多方面的。就创作主体而言,更为直接的原因可能是作家(知识分子)政治无意识积淀中的政治思维定势,以及建国十七年泛政治化语境下,主流意识形态对人物塑造和价值观念赋予的规约。诚然,作家(知识分子)直接而强烈的政治诉求和现实的心曲表达,也可能会导致创作主体撇开了历史人物错综复杂的社会历史联系和曲折幽深的内心世界,撇开了其作为一个活生生的生命个体本应具有的丰富复杂的性格层面,仅从政治态度

---

① 舒楠:《关于历史剧问题的讨论》,载《人民日报》,1961年4月5日。

和政治行为这两个维度去观察、研判人物。这种隶属于政治范畴的单一品质,使得作品中的历史人物最终只剩下单一的政治属性。

在"十七年"非革命历史小说创作中,有的作家为了突出官吏清廉的形象,不惜笔墨,大肆渲染,主观色彩强烈浓重,以致忽略了历史环境和细节真实。西门豹做了邺令半个月,"像似蹲在监狱里,每天啃着窝窝头(还是从家里带来的,笔者注),啃完了窝窝头,又吃小米饭"①;海瑞在临死前还把公差送来的薪银用小天秤来称,并如数上交多给出的七钱。有的为了突出官吏的政治品行,还运用了阶级斗争的思维模式,把人物设置为正面/反面、先进/落后等阵线分明的两方,最终自然是正面或先进的一方取得胜利或达到政治目的。同"十七年"革命历史小说和现实题材小说在叙事上唯一不同的是,非革命历史小说所描写的官吏在取得胜利或达到政治目的后,大多都沦为悲剧的结局,其中折射出的是作家(知识分子)与"十七年"权力话语,以及当代文学规范间既认同又违拗的复杂心态。

三、帝王想象:毁誉参半的历史评价

"十七年"非革命历史小说中涉及帝王的作品仅有三篇:《李自成》(第一卷)、《李世民与魏征》和《鸡肋》(徐懋庸)。在《李自成》(第一卷)中,姚雪垠是把崇祯皇帝作为农民英雄形象的陪衬来塑造的。尽管有论者认为,小说中崇祯皇帝是以"地主阶级总头目这一反面人物的身份出现,但却写得血肉丰满,活力四射,是黑格尔所说的'生气灌注的独立体',其审美价值实质上已超过了李自成,具有很强的立体感和历史感"②。对此,笔者不敢苟同。在《李自成》(第一卷)里,崇祯皇帝的形象

---

① 师陀:《西门豹的遭遇》,载《上海文学》,1959 年第 10 期。
② 刘阳:《新世纪反观历史小说〈李自成〉》,载《海南大学学报》,2003 年第 1 期,第 89 页。

并非"血肉丰满",也远未达到立体化程度。作者只侧重于凸显他政治性格中既刚愎自用又软弱无能的一面。在官吏任用上,他昏庸糊涂,既不能知人善任,又喜好听信谗言,一手造成爱国将领卢象升的惨烈牺牲;面对国内如火如荼的农民起义,他束手无策,一筹莫展;对于满族的挑衅和入侵,他又采取妥协退让政策,引起朝野的强烈不满,以致百姓怨声载道。小说并没有写出他作为人君、人夫、人父、人子性格的多层面,只是在后几卷的续写中,作者对这种"概念化"的塑造人物的方法有所克服,但影响仍显而易见。

在《李世民与魏征》中,作为二号人物的李世民其形象也基本上是从正面来塑造的,与《李自成》(第一卷)中崇祯皇帝相比,作品不但写出了李世民作为君主虚心求谏、纳谏的贤明形象,而且还善于从历史的细节中多角度、多层面发掘人物的内心世界,展示了作为人和君的李世民多重性格特征。如小说开头写李世民瞒着魏征到华山狩猎,回来后自知理亏,为了阻止魏征谏劝,他竟让太监传旨不上早朝;李世民自幼就爱玩鹞子,作了皇帝仍乐此不疲。因怕魏征说他玩物丧志,所以在魏征进宫言事时,竟把鹞子藏进了袖管,直至窒息而死。小说塑造的帝王李世民的形象可谓"白璧微瑕",既生动、饱满,又不失真实、可爱。

"十七年"非革命历史小说中写得最为成功的,要数徐懋庸的《鸡肋》。与同时期作品相比,不仅主题意蕴丰厚,而且给人的审美感受也是多方面的。首先是独具匠心的情节安排。作者截取曹操辞世之年(65岁)的生活片段,通过他亲帅部队东征西讨、审理杨修案、与曹丕谈心等事件的叙述,集中展示了他一生作为"治世之能臣、乱世之奸雄"的生命本色。

其次是作品主题的多重表达。《鸡肋》主题的解读可因人、因时、因事不同而有所差异。概括起来看,至少包含了自然的、人生的、社会的、历史的和现实的多重意蕴。而这些意蕴又常常水乳般交织在一起,很难条分缕析,这里只摘其一二,权作说明。如小说中写到曹操在人生暮年头风病频繁发作,且日趋严重,已让他"感觉到自己的生命已经同这残烛一样了","老,病,成功的满足和欠缺,死期的仿佛迫近,早就分明地使他苦恼","只觉得,自己对战争已经根本厌倦了"。① 这段话的意思可与他写于同时期的《龟虽寿》参校解读。"神龟虽寿,犹有竟时;腾蛇乘雾,终为土灰……"关于这首诗的主旨,在当时和后世的阐释中,人们大多只关注后几句的明志和激励作用,而在笔者看来,诗歌前四句最为关键。它不仅决定了全诗思想情感的基调,同时也让人领略到人生苦短,天命难违的无奈与无助。即便是"志在千里"、"老且弥坚",一切也不过是一种徒然挣扎,生命的自然规律谁能违拗? 在与天地自然、社会人生的双重抗衡中,曹操同样深陷孤独、落寞之中。诗的字里行间,虚无、幻灭的悲凉情绪弥漫升腾,绵绵不尽。小说不仅写出了历史上一代枭雄"鸡肋"般的人生况味,同时也接续了作者对现实社会人生的寄寓与感慨。

曹操的悲鸣既与自己年老多病,仍要餐风露宿、征战沙场等因素有关,同时也与缠绕在他身边的人事相连。"随着事业的成功,权势日益扩大,事情就起了变化。从此以后,渐渐地做了权势的奴隶,为权势而奴隶,只为了巩固权势而努力了"。"为了这权势,对那些强宗豪右,不得不加以容忍;为了这权势,连皇后和皇子也不得不杀;而且,为了这权势,连那多年帮助自己的事业有功的荀彧等老部下,只因为他们反对自己称公称王,也不得不逼死……"② 过去,围绕在他身边的是豪杰是战友,现在尽是些"攀龙附凤"、"助桀为虐"之徒。在家庭中,两个儿子为了争夺世子之位,不择手段,互相残杀,以致曹操在铜雀台大宴群臣时对杨彪(杨修之父)倾诉苦衷:"做父亲的要在儿子

---

① 徐懋庸:《鸡肋》,载《当代》,1981 年第 1 期,第 107~116 页。
② 徐懋庸:《鸡肋》,载《当代》,1981 年第 1 期,第 107~116 页。

身上取得满足,是不可能的。即使他们发达了,也未必使你高兴。"①

可见,曹操虽功成名就,权倾天下,煊赫一时,但其与臣子、亲人的关系已到了貌合神离,甚至是众叛亲离的地步。这里我们也不难看出,是权势、地位的逼仄,使得亲情、友情,甚至爱情在当权者(或政治权力)面前同样形同"鸡肋",更遑论正义、公理、道德和人性。小说中,曹操的某些"忏悔",可看成是历史对现实的发声,是作者借历史以评说现实,劝谕当世。

杨修案的审理,让我们看到了曾被"十七年"历史剧作家一度"翻案"掉的"奸雄"的真面目。杨修的过错在于窥破了曹操决意退兵的心理密码。而对曹操来说,这本应是一个难得而又体面的退兵机会。但晚年的曹操以扭曲的心理和不容置辩的口气清算了杨修的"陈年旧账",致使杨修命丧黄泉。杨修的这一下场,不仅出乎众臣的意料,甚至也出乎曹操的料想。因为在案件审理之前曹操已定下基调:"只要使他知道犯了错误,通知他明天来见我就行了,不必逮捕他。"而最具讽刺意味的是,曹操在处决了杨修之后,竟在群臣面前说:"叫全军准备,我决定真的退兵了。"②徐懋庸笔下的曹操,真是一个真假难辨、褒贬难分、难以捉摸的复杂而矛盾的独特个体。

其三是艺术表现手法的综合运用。为刻画主人公曹操的形象,作者综合运用了叙述、描写、抒情、议论等表达方式,对比、烘托、虚实、讽刺、象征、联想和想象等多种表现手法,生动传神地塑造了一个鲜活、可感的曹操形象,为"十七年文学"画廊平添了一抹奇异的亮色。

上述三篇小说在对古代几位帝王的书写中,既扭结着作家毁誉参半的历史评价,也凝聚了作家现实人生的体验与感悟。然终因作家自身把握历史真实的程度及生活、艺术的积累不

---

① 徐懋庸:《鸡肋》,载《当代》,1981 年第 1 期,第 107~116 页。
② 徐懋庸:《鸡肋》,载《当代》,1981 年第 1 期,第 107~116 页。

同,使得三位帝王形象的塑造在美学高度上有了伯仲之分。

纵观"十七年"非革命历史小说创作,除了姚雪垠的《李自成》(第一卷)在创作观念和叙事方式上与革命历史小说有某些相似之处,并与革命历史小说一起,直接参与了对现代历史本质的揭示外,其他非革命历史小说创作虽程度不同地迎合了时代政治的需要,体现了作家对主流意识形态的认同和现实政治的参与热情。但从小说取材的集中点、人物谱系的营构、整体的价值取向和情绪意向上看,"十七年"非革命历史小说,一方面富有意味地完成了对"十七年"革命历史小说、现实题材小说的位置及其中的工农兵主人公形象的置换,凸显了历史不同阐释的"合法性"存在;另一方面,其中所寄寓的知识分子(作家)对自身处境的感慨与反思,对底层民众的深切关怀与同情,既彰显了知识分子对自由意志的怀恋和参知政事的热情,也饱含着知识分子对现实批判精神的一往情深。"十七年"非革命历史小说创作,客观上已偏离了文学的工农兵方向,触犯了当代文学创作的禁忌,因而也最终决定了其势必被压抑的命运。

米兰·昆得拉曾言:"小说历史的延续不是因为数量的增加,而是'发现'的连续不断。"① "十七年"非革命历史小说因其在特殊的历史时期,在题材、主题和人物等领域的新"发现",从而体现了它存在的价值,其理应在以后的文学史书写和文学研究中占有一席之地。

---

① [捷克]米兰·昆得拉:《小说的艺术》,上海:上海译文出版社,2004年,第10页。

附录四　1940年代(1937～1949)文学论争文章篇目概览

类别	时间	作者	篇目	报刊
文艺大众化与"利用旧形式的"讨论	1937年10月11日	艾芜	《从文艺通俗化到战时文艺》	《救亡日报》
	1937年10月11日	阿英	《再论抗战的通俗文学》	《救亡日报》
	1938年2～3月	茅盾	《关于大众文艺》	《救亡日报》
	1938年3月9日	茅盾	《文艺大众化问题》	《救亡日报》
	1938年2月19日	郭沫若	《对于文化人的希望》	《救亡日报》
	1938年4月20日	徐懋庸	《民间艺术形式的采用》	《新中华报》
	1938年5月1日	杜埃	《旧形式运用问题》	《文艺阵地》第1卷第2期
	1938年5月10日	夏衍	《抗战以来文艺的展望》	《自由中国》
	1938年5月29日	阿垅	《关于利用旧形式》	《新华日报》
	1938年5月	胡风聂绀弩艾青等	《宣传·文学·旧形式的利用》	《七月》第3卷第1期
	1938年6月1日	茅盾	《大众化与利用旧形式》	《文艺阵地》第1卷第4期
	1938年6月1日	仲方	《利用旧形式的两个意义》	《文艺阵地》第1卷第4期
	1938年6月20日	郭沫若	《抗战与文化问题》	《自由中国》
	1938年7月1日	周文	《唱本·地方文学的革新》	《文艺阵地》第1卷第6期
	1939年2月1日	穆木天	《文艺大众化与通俗文艺》	《文艺阵地》第2卷第8期
	1939年2月16日	周扬	《我们的态度》	《文艺战线》创刊号
	1939年4月16日	艾思奇	《旧形式运用的基本原则》	《文艺战线》第1卷第3期
	1939年8月16～18日	黄药眠	《目前文艺的主流》	《救亡日报》
	1939年11月27～28日	黄药眠	《文艺上之中国化和大众化问题》	《救亡日报》

续表

类别	时间	作者	篇目	报刊
"鲁迅风"杂文论争	1938年10月20日	巴 人	《"有人",在这里!》	《申报·自由谈》
	1938年10月21日	阿 英	《题外的文章——答巴人先生》	《译报·大家谈》
	1938年10月22日	巴 人	《"题内话"》	《申报·自由谈》
	1938年10月19日	阿 英	《守成与发展》	《译报·大家谈》
	1938年10月21~25日	庞 朴	《论"鲁迅风"》	《华美晨报·镀金城》
	1938年10月22日	杨晋豪	《写给谁看?》	《译报·大家谈》
	1938年11月23日	巴 人	《再加上一个"呜呼"吧》	《文汇报·世纪风》
"鲁迅风"杂文论争	1938年11月23日	辨 微（周木斋）	《赋得内煎》	《大美报·早茶》
	1938年11月26日	文载道（金性尧）	《窗下谈文》	《文汇报·世纪风》
	1938年11月27日	巴 人	《"工作"与"批评"》	《文汇报·世纪风》
	1938年11月27日	列 车（陆象贤）	《也需要写给小众看》	《文汇报·世纪风》
	1938年11月28日	巴 人	《偏面之见》	《文汇报·世纪风》
	1938年11月28日	圣 人	《论"鲁迅式"》	《大美报·早茶》
	1938年11月28日	马前卒	《帮手与帮口》	《文汇报·世纪风》
	1938年11月28日	祝 敌	《关于"鲁迅风"》	《文汇报·世纪风》
	1938年12月4日	巨 川 莫 思 栖 华 华 蒂	《谈婆婆妈妈》	《大晚报·剪影》
	1938年12月6日	孙一洲	《向上海文艺界呼吁》	《译报周刊》第1卷第9期
	1938年12月8日	郑振铎 王任叔 阿 英 周木斋 等	《我们对"鲁迅风"杂文问题的意见》	《译报·大家谈》、《文汇报》
	1938年12月4~18日	庞 朴	《围剿的总答复》	《华美晨报·镀金城》

续表

类别	时间	作者	篇目	报刊
"与抗战无关"问题的论争	1938年12月1日	梁实秋	《编者的话》	《中央日报·平明》
	1938年12月5日	罗荪	《与抗战无关》	《大公报》
	1938年12月6日	梁实秋	《"与抗战无关"》	《中央日报》
	1938年12月10日	宋之的	《谈"抗战八股"》	《大公报》
	1938年12月10日	袁戈	《与抗战有关》	《新蜀报》
	1938年12月11日	罗荪	《再论"与抗战无关"》	《国民公报》
	1938年12月12日	沈起予	《我作如是观》	《新蜀报》
	1939年2月14日	吉力	《梁实秋的"自由"》	《文汇报·世纪风》
	1939年3月1日	陶亢德	《关于"无关抗战的文字"》	《鲁迅风》第7期
	1939年3月8日	巴人(王任叔)	《一个反响——〈关于无关抗战的文字〉》	《鲁迅风》第8期
	1939年4月16日	巴人	《展开文艺领域中反个人主义斗争》	《文艺阵地》第3期第1期
	1940年6月15日	张天翼	《论"无关"抗战的题材》	《文学月报》第1卷第6期
《华威先生》论争	1938年4月16日	张天翼	《华威先生》	《文艺阵地》创刊号
	1938年5月10日	李育中	《幽默、严肃和爱》	《救亡日报》(广州)
	1938年8月16日	茅盾	《八月的感想——抗战文艺一周的回顾》	《文艺阵地》第1卷第9期
	1939年2月22日	林林	《谈〈华威先生〉到日本》	《救亡日报》(桂林)
	1939年2月26日	冷枫	《枪毙了的〈华威先生〉》	《救亡日报》(桂林)
	1939年3月15日	张天翼	《关于〈华威先生〉赴日——作者的意见》	《救亡日报》(桂林)
《华威先生》论争	1939年3月17日	李育中	《〈华威先生〉的余音》	《救亡日报》(桂林)
	1939年3月26日	林林	《作家要深知祖国》	《救亡日报》(桂林)
	1939年8月22日	沙介宁	《论文艺上的消毒与肃奸工作》	《救亡日报》(桂林)
	1940年9月3日	司马文森	《朝低潮走吗》	《救亡日报·文化岗位》

续表

类别	时间	作者	篇目	报刊
"歌颂"与"暴露"问题的论争	1937年7月16日	茅盾	《论加强批评工作》	《抗战文艺》第2卷第1期
	1938年4月16日	李南卓	《广现实主义》	《文艺阵地》创刊号
	1938年10月1日	茅盾	《暴露与讽刺》	《文艺阵地》第1卷第12期
	1938年6月1日	祝秀侠	《现实主义的抗战文学论》	《文艺阵地》第1卷第4期
	1939年1月16日	杜埃	《论新形势与作家生活实践之强化》	《文艺阵地》第2卷第7期
	1939年3月1日	黄绳	《谈黑暗面的把握》	《文艺阵地》第2卷第10期
	1939年12月16日	周钢鸣	《文艺的批判任务》	《文艺阵地》第4卷第4期
	1940年1月16日	杜埃	《文艺的批判任务》	《文艺阵地》第4卷第6期
	1940年1月22日	吴组湘	《一味颂扬是不够的》	《新蜀报》
	1940年5月16日	李育中	《黑暗面的把握》	《救亡日报》(桂林)
抗战文学与纯文学之争	1936年10月25日	沈从文	《作家间需要一种运动》	《大公报·文艺》(天津)
	1937年2月21日	萧云	《反差不多运动的根数值》	《大公报·文艺》(天津)
	1937年2月21日	樊蔷	《老实话》	《大公报·文艺》(天津)
	1937年2月21日	彭昭仪	《文坛上的公式主义》	《大公报·文艺》(天津)
	1937年2月21日	田庐	《题材·现实的反映》	《大公报·文艺》(天津)
	1937年2月21日	炯之(沈从文)	《一封信》	《大公报·文艺》(天津)
	1937年2月24日	杨刚	《关于"差不多"》	《大公报·文艺》(天津)
	1937年3月20日	唐弢	《"提起时代"》	《中流》第2卷第1期
	1937年4月1日	孙伏园	《作品的"差不多"论》	《宇宙风》第38期
	1937年5月1日	朱光潜	《我对本刊的意见》	《文学杂志》创刊号
	1937年7月1日	茅盾	《新文学前途有危机么?》	《文学》第9卷第1期
	1937年7月5日	茅盾	《关于"差不多"》	《中流》第2卷第8期
	1937年8月1日	朱光潜	《编辑后记》	《文学杂志》第1卷第4期
	1937年8月1日	炯之(沈从文)	《再谈差不多》	《文学杂志》第1卷第4期
	1938年2月19日	郭沫若	《对于文化人的希望》	《救亡日报》
	1938年6月20日	郭沫若	《抗战与文化问题》	《自由中国》第3号

续表

类别	时间	作者	篇目	报刊
抗战文学与纯文学之争	1938年7月1日	李南卓	《论"差不多"与"差得多"》	《文艺阵地》第1卷第6期
	1939年1月22日	沈从文	《一般或特殊》	《今日评论》第1卷第4期
	1940年1月15日	罗荪	《抗战文艺运动鸟瞰》	《文学月报》第1卷第1期
	1940年5月5日	沈从文	《文运的重建》	《中央日报》(昆明)
	1940年8月5日	沈从文	《新的文学运动与新的文学观》	《战国策》第9期
	1942年10月25日	沈从文	《文学运动的重造》	《文艺先锋》第1卷第2期
	1942年11月10日	施蛰存	《文学之贫困》	《文艺先锋》第1卷第3期
	1942年2月17日	杨华曾	《"拿货色来看"和"文学贫困"论》	《新华日报》
	1942年12月25日	陈白尘	《读书随笔——文学的衰亡》	《文艺先锋》第1卷第6期
	1943年3月27日	郭沫若	《新文艺的使命——纪念文协五周年》	《新华日报》
	1943年3月27日	茅盾	《抗战以来文艺理论的发展——为"文协"五周年纪念作》	《抗战文艺》
"民族形式"问题的论争	1938年7月23日	陈伯达	《论文化运动中的民族传统》	《解放日报》
	1939年6月25日	艾思奇	《旧形式,新问题》	《文艺突击》
	1939年6月25日	柯仲平	《介绍〈查路条〉并论创造新的民族歌剧》	《文艺突击》
	1939年6月25日	杨松	《论新文化运动中两条路线》	《文艺突击》
	1939年8月1日	黄绳	《当前文艺运动的一个考察》	《文艺阵地》第3卷第9期
	1939年9月1日	巴人	《中国气派与中国作风》	《文艺阵地》第3卷第10期
	1939年11月16日	何其芳	《论文学上的民族形式》	《文艺战线》第1卷第5期
	1939年11月16日	柯仲平	《论文艺上的中国民族形式》	《文艺战线》第1卷第5期
	1939年11月16日	罗思	《论美术上的民族形式与抗日内容》	《文艺战线》第1卷第5期
	1939年11月16日	萧三	《论诗歌的民族形式》	《文艺战线》第1卷第5期
	1939年11月16日	冼星海	《论中国音乐的民族形式》	《文艺战线》第1卷第5期
	1939年11月16日	何其芳	《论文学上的民族形式》	《文艺战线》第1卷第5期
	1939年12月12～13日	宗珏	《文艺之民族形式问题的展开》	《大公报》(香港)
	1939年12月23日	许予	《质的提高:创造文艺民族形式的讨论》	《大公报》(重庆)
	1939年12月26日	戈茅	《关于民族形式问题》	《新华日报》(重庆)
	1940年1月	毛泽东	《新民主主义论》	《中国文化》创刊号
	1940年2月15日	潘梓年	《论文艺的民族形式》	《文学月报》(重庆)
	1940年2月15日	向林冰	《论通俗读物的文艺化》	《文学月报》(重庆)
	1940年2月15日	葛一虹	《关于民族形式》	《文学月报》(重庆)

续表

类别	时间	作者	篇目	报刊
"民族形式"问题的论争	1940年2月25日	周扬	《对旧形式利用在文学上的一个看法》	《中国文化》创刊号
	1940年3月24日	向林冰	《论"民族形式"的中心源泉》	《大公报·战线》(重庆)
	1940年4月10日	葛一虹	《民族形式的中心源是在所谓"民间形式"吗?》	《新蜀报·蜀道》
	1940年4月15日	田仲济	《中心源泉在哪里?》	《新蜀报·蜀道》
	1940年4月18日	方白	《怎样创造文艺上的民族形式》	《新蜀报·蜀道》
	1940年6月9~10日	郭沫若	《"民族形式"商兑》	《大公报》
	1940年7月4日	潘梓年 以群 胡绳 艾青	《民族形式座谈笔记》	《新华日报》
	1940年7月4日~5日	潘梓年	新文艺民族形式问题座谈会上的发言	《新华日报》
	1940年7月22日	潘梓年	《民族形式与大众化》	《新华日报》
	1940年9月25日	茅盾	《旧形式、民间形式与民族形式》	《中国文化》第2卷第1期
	1940年12月	胡风	《论民族形式问题》	重庆生活书店
	1941年2月28日	田间	《"民族形式"问题》	《晋察冀日报》
	1942年4月10日	王实味	《文艺民族形式问题上的旧错误与新偏向》	《文艺阵地》第6卷第4期
	1942年7月3日	陈伯达	《写在实味同志"文艺的民族形式短论"之后》	《解放日报》
历史剧《屈原》论争	1942年1月24日	郭沫若	《屈原》	《中央日报》副刊
	1942年2月8日	郭沫若	《写完〈屈原〉之后》	《中央日报》
	1942年10月	周钢鸣	《关于历史剧的创作问题》	《戏剧春秋》
	1942年10月	荃麟	《两点意见——答戏剧春秋社》	《戏剧春秋》
	1942年10月	田汉 茅盾 胡风 欧阳予倩等	《历史剧问题座谈会纪要》	《戏剧春秋》第2卷第4期
	1943年4月	张骏祥	《关于写历史剧的几点意见》	《戏剧月报》第1卷第4期
	1943年4月	郭沫若	《历史·史剧·现实》	《戏剧月报》第1卷第4期

续表

类别	时间	作者	篇目	报刊
"战国策派"问题的论争	1940年4月15日	战国策	《战国策》启事	《战国策》第2期
	1940年6月25日	欧阳风海	《什么是"战国"派的文艺》	《群众》第7卷第7期
	1941年1月	陈西滢	《野玫瑰》	《文史杂志》第2卷第3期
	1941年1月28日	林同济	《战国时代的重演》	《大公报》(重庆)
	1941年12月3日	林同济	《从战国重演到形态历史观》	《大公报·战国》第3期
	1941年12月17日	陈铨	《指环与正义》	《大公报·战国》第3期
	1942年1月21日	独及	《寄语中国艺术人——恐怖·狂欢·虔恪》	《大公报·战国》第8期
	1942年1月21日	陈铨	《德国民族的性格和思想》	《战国策》第6期
	1942年1月25日	汉夫	《"战国"派的法西斯实质》	《群众》第7卷第1期
"战国策派"问题的论争	1942年3月23日	颜翰彤(刘念渠)	《读〈野玫瑰〉》	《新华日报》
	1942年4月8日	方纪	《糖衣毒药——〈野玫瑰〉观后》	《时事新报》
	1942年5月13日	陈铨	《民族文学运动》	《大公报·战国》第24期
	1942年6月9～11日	李心清	《"战国"不应作法西斯的宣传》	《解放日报》
	1942年6月30日	戈予	《什么是"民族文学运动"?》	《新华日报》

续表

类别	时间	作者	篇目	报刊
"野百合花"事件与延安文艺界整风	1941年6月17～19日	周扬	《文学与生活漫谈》	《解放日报》
	1941年8月1日	舒群 萧军 白朗 罗烽 艾青	《〈文学与生活漫谈〉读后漫谈集录并商榷于周扬同志》	《文艺月报》
	1941年10月23日	丁玲	《我们需要杂文》	《解放日报》
	1942年3月9日	丁玲	《"三八节"有感》	《解放日报》
	1942年3月11日	艾青	《了解作家、尊重作家》	《解放日报·文艺》第100期
	1942年3月12日	罗烽	《还是杂文时代》	《解放日报·文艺》第101期
	1942年3月13、23日	王实味	《野百合花》	《解放日报》
	1942年3月15日	王实味	《政治家·艺术家》	《谷雨》第1卷第4期
	1942年4月7日	齐肃	《读〈野百合花〉有感》	《解放日报》
	1942年4月8日	萧军	《论同志之"爱"与"耐"》	《解放日报》
	1942年5月19日	杨维哲	《从〈政治家·艺术家〉说到文艺》	《解放日报》
	1942年5月24日	罗迈	《动机与立场》	《解放日报》
	1942年5月26日	金灿然	《读实味同志的〈政治家·艺术家〉后》	《解放日报》
	1942年6月9日	范文澜	《论王实味同志的思想意识》	《解放日报》
	1942年6月9日	陈道	《艺术家的〈野百合花〉》	《解放日报》
	1942年6月9～10日	伯钊	《继〈读'野百合花'有感〉之后》	《解放日报》
	1942年6月10日	蔡心天	《政治家与艺术家》	《解放日报》
	1942年6月15日	陈伯达	《关于王实味》	《解放日报》
	1942年6月16日	丁玲	《文艺界对王实味应有的态度及反省》	《解放日报》
	1942年6月16日	周文	《从鲁迅的杂文谈到王实味》	《解放日报》
	1942年6月17日	张如心	《彻底粉碎王实味的托派理论及其反党活动》	《解放日报》
	1942年6月24日	艾青	《现实不容歪曲》	《解放日报》
	1942年6月28日	罗迈	《论中央研究院的思想论战》	《解放日报》
	1942年6月29日	范文澜	《在中央研究院六月十一日座谈会的发言》	《解放日报》
	1942年7月3日	陈伯达	《写在实味同志"文艺的民族形式短论"之后》	《解放日报》

续表

类别	时间	作者	篇目	报刊
"野百合花"事件与延安文艺界整风	1942年7月28~29日	周扬	《王实味的文艺观与我们的文艺观》	《解放日报》
	1942年9月9日	周扬	《艺术教育的改造问题》	《解放日报》
	1942年9月11日	张庚	《论边区剧运和戏剧的技术教育》	《解放日报》
	1942年10月1日	石隐	《读〈论边区剧运和戏剧的技术教育〉》	《解放日报》
	1942年10月21日	沈友谷	《关于"人性论"与平均主义》	《新华日报》
	1942年10月21日	梓年	《王实味所给我们的教训》	《新华日报》
	1942年10月30日	张如心	《中央研究院整风以来思想改造总结》	《解放日报》
	1943年3月29日	陈云	《关于党的文艺工作者的两倾向问题》	《解放日报》
	1943年4月3日	周立波	《后悔与前瞻》	《解放日报》
	1943年4月3日	何其芳	《改造自己,改造艺术》	《解放日报》
	1943年10月19日	毛泽东	《在延安文艺座谈会上的讲话》	《解放日报》
"三民主义的文艺"论争	1942年1月5日	王平陵	《救治革命文学的贫血症》	《文艺先锋》
	1942年9月1日	张道藩	《我们所需要的文艺政策》	《文化先锋》创刊号
	1942年9月27日	苏黎	《鸵鸟》	《新华日报》
	1942年10月20日	梁实秋	《关于"文艺政策"》	《文化先锋》第1卷第8期
	1943年1月4日	吴往(欧阳凡海)	《关于"文艺政策"与"文艺武器论"》	《新华日报》
	1943年3月27日	郭沫若	《新文艺的使命——纪念文协五周年》	《新华日报》
	1943年6月13日	郭沫若	《为革命的民权而呼吁》	《新华日报》、《沸羹集》
	1943年11月11日	《新华日报》社论	《文化建设的先决问题》	《新华日报》
	1944年4月5日	王集丛	《"写作自由"论者的另一面》	《文艺先锋》
	1944年4月16日	茅盾	《生活与"生活安定"》	《大公报·文艺》
	1945年2月22日	郭沫若	《文化界时局进言》	《新华日报》
	1946年1月5日	茅盾	《八年来文艺工作的成果及倾向》	《文联》第1卷第1期
	1947年11月10日	张道藩	《文艺作家对于当前大时代应有的认识和努力》	《文艺先锋》

续表

类别	时间	作者	篇目	报刊
《清明前后》与《芳草天涯》论争	1945年11月28日	《新华日报》编者	《〈清明前后〉与〈芳草天涯〉两个话剧的座谈》	《新华日报》
	1945年12月19日	王戎	《从〈从清明前后〉说起》	《新华日报》
	1945年12月26日	邵荃麟	《略论文艺的政治倾向》	《解放日报》
	1946年1月23日	画室（冯雪峰）	《题外的话》	《解放日报》
	1946年2月13日	何其芳	《关于现实主义》	《新华日报》
现实主义与"主观"问题论争	1943年6月	于潮（乔冠华）	《论生活的态度与现实主义》	《中原》创刊号
	1944年3月	于潮（乔冠华）	《方生未死之间》	《中原》第1卷第3期
	1944年4月17～18日	胡风	《文艺工作底发展及其努力方向》	《云南日报》
	1944年7月29日	黄药眠	《读了〈文艺工作底发展及其努力方向〉》	《云南日报》
	1946年11月15日	何其芳	《关于"客观主义"的讨论》	《萌芽》第1卷第4期
	1945年1月	胡风	《置身在为民主的斗争里》	《希望》创刊号
	1945年1月	舒芜	《论主观》	《希望》创刊号
	1945年12月5日	默涵	《从何着眼》	《新华日报》
	1946年2月20日	雪峰	《现实主义在今天的问题》	《中原·文艺杂志、希望、文哨联合特刊》第1卷第6期
	1948年3月1日	邵荃麟执笔	《对于当前文艺运动的意见》	《大众文艺丛刊》第1辑
	1946年3月1日	黄药眠	《论约琴夫的外套》	《文艺生活》光复版第3号
	1948年3月1日	胡绳	《评路翎的短篇小说》	《大众文艺丛刊》第1辑
	1948年5月1日	乔冠华	《文艺创作与主观》	《大众文艺丛刊》第1辑
	1948年7月20日	余林（路翎）	《论文艺创作底几个问题》	《泥土》第6期
	1948年9月	胡风	《论现实主义的路》	上海青林社出版
	1948年12月	邵荃麟	《论主观问题》	《大众文艺丛刊》第五辑
	1949年7月	茅盾	《在反动派压迫下斗争和发展的革命文艺》	《中华全国文学艺术工作者代表大会纪念文集》

续表

类别	时间	作者	篇目	报刊
对自由主义文艺思想的批评	1946年9月	沈从文	《一种新的文学观》	《文学月刊》(上海)
	1946年10月20日	沈从文	《〈文学周刊〉编者言》	《益世报·文学周刊》第11期
	1946年11月10日	沈从文	《向现实学习》	《大公报·星期文艺》(天津)
	1947年1月8日	《大公报》社论	《自由主义者的信念》	《大公报》(上海)
	1947年2月22日	默涵	《"清高"和"寂寞"》	《新华日报》
	1947年5月5日	《大公报》社论	《中国文艺往哪里走》	《大公报》(上海)
	1947年6月1日	朱光潜	《复刊卷头语》	《文学杂志》第2卷第1期
	1947年10月21日	沈从文	《一种新希望》	《益世报》
	1948年2月2日	邵荃麟	《二丑与小丑之间》	《华商报》
	1948年2月13日	朱光潜	《谈群众培养怯懦与凶残》	《周论》第1卷第5期
	1948年2月22日	胡绳	《为谁"填土"? 为谁"工作"?》	《华商报》
	1948年3月1日	郭沫若	《斥反动文艺》	《大众文艺丛刊》第1辑
	1948年3月1日	冯乃超	《略评沈从文的〈熊公馆〉》	《大众文艺丛刊》第1辑
对自由主义文艺思想的批评	1948年3月1日	郭沫若	《人民至上主义的文艺》	《文汇报·新文艺》
	1948年3月1日	邵荃麟	《朱光潜的怯懦与凶残》	《大众文艺丛刊》第1辑
	1948年8月6日	朱光潜	《自由主义与文艺》	《周论》第2卷第4期

续表

类别	时间	作者	篇目	报刊
《生活报》与《文化报》的论战	1948年1月1日	秀才（萧军）	《新年献词》	《文化报》第8期
	1948年3月30日	萧军	《春夜抄（二则）》	《文化报》第28期
	1948年5月1日	邓森	《今古王通》	《生活报》创刊号
	1948年5月10日	萧军	《风风雨雨话王通》	《文化报》第35期
	1948年5月15日	萧军	《夏夜抄之二》	《文化报》第36期
	1948年5月19日	《文化报》社评	《目前文化界统一战线谈》	《文化报》半月增刊第3期
	1948年5月20日	萧军	《夏夜抄之三》	《文化报》第37期
	1948年6月5日	毅人	《苏联人民中底渣滓》	《文化报》第42期
	1948年6月6日	《文化报》社评	《高尔基之所以伟大》	《文化报》半月增刊第4期
	1948年6月10日	萧军	《夏夜抄之六——巴金、李陵及其它》	《文化报》第43期
	1948年6月15日	萧军	《文坛上的"布尔巴"精神》	《文化报》第44期
	1948年6月26日	《文化报》社评	《政、教泛谈》	《文化报》半月增刊第5期
	1948年7月25日	萧军	《偷花者》	《文化报》第49期
	1948年7月30日	爱群	《江边二景》	《文化报》第50期
	1948年8月5日	黄玄（王秋萤）	《丑角杂谈》	《文化报》第51期
	1948年8月15日	萧军	《三周年"八一五"和第六次"全代大会"》	《文化报》第53期
	1948年8月15日	塞上	《来而不往非"礼"也》	《文化报》第53期
	1948年8月15日	萧军	《闻胜有感》	《文化报》第53期
	1948年8月26日	《生活报》社论	《斥"文化报"的谬论》	《生活报》
	1948年9月1日	萧军	《"古潭里的声音"之一——驳〈生活报〉的胡说》	《文化报》第56期
	1948年9月5日	萧军	《"古潭里的声音"之二——驳〈生活报〉的胡说》	《文化报》第57期
	1948年9月5日	虹啸	《生活报，您替敌人"服务"了！》	《文化报》第57期
	1948年9月6日	《生活报》社论	《分歧在哪里？》	《生活报》
	1948年9月6日	沙英	《论战争与革命战争——并驳斥萧军的战争论》	《生活报》
	1948年9月10日	萧军	《"古潭里的声音"之三——驳〈生活报〉的胡说》	《文化报》第58期
	1948年9月15日	萧军	《"古潭里的声音"之四——驳〈生活报〉的胡说》	《文化报》第59期
	1948年9月16日	《生活报》社论	《"剥开皮来看"》	《生活报》

续表

类别	时间	作者	篇目	报刊
《生活报》与《文化报》的论战	1948年9月21日	《文化报》社评	《论萧军的求"真"》	《生活报》
	1948年9月21日	《文化报》社评	《本社重要声明》	《生活报》
	1948年9月21日	草明	《鲁迅的旗帜——评萧军先生的思想》	《生活报》
	1948年9月21日	沈轲	《萧军所倡导的"真实"是什么?》	《生活报》
	1948年9月26日	《文化报》社评	《论萧军的"九点九"》	《生活报》
	1948年9月26日	闻奇	《糖衣包着的毒粉》	《生活报》
	1948年9月26日	沈轲	《一定要写得"热烈火炽"》	《生活报》
	1948年9月26日	洛塞	《评最初几期"文化报"》	《生活报》
	1948年10月6日	洛塞	《伟大与渺小》	《生活报》
	1948年10月6日	《文化报》社评	《论言论自由》	《生活报》
	1948年10月11日	塞上	《"来而不往非礼也"的作者剖白》	《生活报》
	1948年10月11日	《生活报》社论	《有过勿惮改》	《生活报》
	1949年4月1日	东北文艺协会	《东北文艺协会关于萧军及其〈文化报〉所犯错误的结论》	《东北日报》
	1949年4月2日	中共中央东北局	《中共中央东北局关于萧军问题的决定》	《东北日报》
	1958年10月	严文井	《萧军思想再批判》	《萧军思想批判》,作家出版社1958年版
	1958年10月	李希凡	《萧军的"布尔巴精神"的再现——评"五月的矿山"的反动倾向》	《萧军思想批判》,作家出版社1958年版
	1958年10月	刘芝明	《萧军思想批判》	作家出版社1958年版

参考文献

毛泽东:《毛泽东选集》(1~4卷),人民出版社,1991年版。

列宁:《列宁全集》,人民出版社,1984年版。

李大钊:《李大钊选集》,人民出版社,1959年版。

张闻天:《张闻天文集》,中央党史资料出版社,1990年。

鲁迅:鲁迅全集(第四卷),人民文学出版社,1973年版。

胡风:《胡风评论集》,人民文学出版社,1984年版。

冯雪峰:《雪峰文集》(第2卷),人民文学出版社,1983年版。

茅盾:《茅盾全集》,人民文学出版社,1991年版。

周扬:《周扬文集》(第1、2卷),人民文学出版社,1984年版。

何其芳:《何其芳文集》(第4卷),人民文学出版社,1983年版。

林默涵:《枝蔓丛丛的回忆》,北京十月文艺出版社,2001年版。

侯金镜:《侯金镜文艺评论选集》,人民文学出版社,1979年版。

[苏]斯·舍舒科夫:《苏联二十年代文学斗争史实·三》,上海译文出版社,1994年版。

[美]本尼迪克特·安德森:《想象的共同体——民族主义的起源与散布》,上海人民出版社,2003年版。

［美］柯文：《在中国发现历史——中国中心观在美国的兴起》，中华书局，2002年版。

［美］张灏：《梁启超与中国思想的过度》，江苏人民出版社，1997年版。

刘炎生：《中国现代文学论争史》，广东人民出版社，1999年版。

朱晓进、杨洪承等：《非文学的世纪：20世纪中国文学与政治文化关系史论》，南京师范大学出版社，2004年版。

章伯锋、庄建平主编：《抗日战争》（第3卷），四川大学出版社，1997年版。

张其昀主编：《先总统蒋公全集》（第2册），台北中国文化大学出版部，1984年版。

江沛、纪亚光：《毁灭的种子——国民政府时期意志管制分析》，陕西人民教育出版社，2000年版。

钱理群、温儒敏、吴福辉：《中国现代文学三十年》，北京大学出版社，1998年版。

黄万华：《中国和海外：20世纪汉语文学史论》，百花文艺出版社，2006年版。

萧延中主编：《外国学者评毛泽东》（1～3卷），中国工人出版社，1997年版。

钱理群：《1948：天地玄黄》，山东教育出版社，1998年版。

洪子诚：《中国当代文学史》，北京大学出版社，1999年版。

贺桂梅：《转折的时代——40～50年代作家研究》，山东教育出版社，2003年版。

李书磊：《1942：走向民间》，山东教育出版社，1998年版。

陈顺馨：《社会主义现实主义理论在中国的接受与转化》，安徽教育出版社，2000年版。

李辉凡：《二十世纪现实主义》，中国社会科学出版社，1992年版。

朱寨:《中国当代文学思潮史》,人民文学出版社,1987年版。

戴光中:《赵树理传》,北京十月文艺出版社,1987年版。

胡采主编:《中国解放区文学书系》(第1编),重庆出版社,1992年版。

康濯主编:《中国解放区文学书系》(第2编),重庆出版社,1992年版。

楼适宜主编:《中国抗日战争时期大后方文学书系》(第1编),重庆出版社,1989年版。

蔡仪主编:《中国抗日战争时期大后方文学书系》(第2编),重庆出版社,1989年版。

朱栋霖、丁帆、朱晓进主编:《中国现代文学史:1917～1997》(上、下),高等教育出版社,1999年版。

吴福辉:《中国现代文学发展史》,北京大学出版社,2010年版。

许道明:《中国现代文学批评史新编》,复旦大学出版社,2002年版。

黄曼君主编:《中国20世纪文学理论批评史》,中国文联出版社,2002年版。

温儒敏:《中国现代文学批评史教程》,北京大学出版社,1993年版。

栾梅健:《二十世纪中国文学发生论》,广西师范大学出版社,2006年版。

石凤珍:《文艺民族形式论争研究》,中华书局,2007年版。

王丽丽:《在文艺与意识形态之间——胡风研究》,中国人民大学出版社,2003年版。

程中原:《转折关头:张闻天在1935～1943》,当代中国出版社,2012年版。

刘建勋:《延安文艺史论稿》,陕西人民出版社,1992年版。

艾克恩编:《延安文艺运动纪盛》,文化艺术出版社,1987年版。

文天行等编:《中华全国文艺界抗敌协会史料选编》,四川省社会科学院出版社,1983年版。

陈寿立编:《中国现代文学运动史料摘编》,北京出版社,1985年版。

徐迺翔编:《文学的"民族形式"讨论资料》,知识产权出版社,2010年版。

中共陕西省委党史研究室编:《延安整风运动》,陕西人民出版社,1992年版。

《通俗读物论文集》,通俗读物编刊社,1938年版。

《中国国民党历史会议宣言决议案汇编》(第2册),浙江省党史学会编印,2000年版。

《中华全国文学艺术工作者代表大会纪念文集》,新华书店,1950年版。

《文学运动史料》,上海教育出版社,1979年版。

后 记

2007年5月,在六朝古都南京,由丁帆、朱晓进、杨洪承、贺仲明、周成平、江锡铨和我的导师何言宏共7位先生组成的答辩委员会,对我的硕士论文《四十年代文学争论与当代文学规范的建构》进行了答辩。记得答辩结束答辩委员会主席丁帆先生在总结发言时说:"借助本尼迪克特·安德森的现代民族主义理论,从文学论争的角度,研究分析中国当代文学规范的建构应当是可行的和富有创见的;若能突破文学史上'40年代'这一界限,把20世纪中国文学的发展演变整体纳入研究视野,可能会使这一课题研究更富理论和实践意义。"这话给了我启发,也给了我鼓励。此后几年,在工作之余,我一边收集、整理相关研究资料,一边着手对论文进行修改和完善。2010年,以同名课题的形式申报安徽省高校人文社会科学研究项目,获得立项资助。本书中有些篇章内容,已作为课题阶段性研究成果在国内几家大学学报上公开发表过。

在本书的形成过程中,首先要感谢的是我的导师何言宏先生。在南京师范大学求学期间,他的学识才情及严谨的治学精神深深地吸引并时时鞭策着我,尤其是那些耳提面命式的教诲让我受益匪浅。本书从选题开始到第一手资料的搜集、整理,从现代民族主义理论的选择到写作提纲的拟定,皆是在何言宏先生的悉心指导下完成的。实际上,我也正是在他的学术影响下逐步完成自身的"型塑"过程。

在这里，我要特别感谢安徽工贸职业技术学院党委书记、院长姚多忠先生，是他的关心、帮助和大力支持，才使得我有充裕的时间和足够的精力顺利完成本书的写作，并最终获得出版的机会。

在本书的撰写过程中，我还得感谢刘清生、吉咸乐和孙晓东三位师弟的大力帮助。四人虽师出各门，但机缘巧合，同居一室，互帮互助，情同手足。其间又因所学专业相同，因而彼此间有了许多共同谈论的话题，尽管有时会因学术观点不同而引发争论，甚至会唇枪舌剑，互不相让，但是从来没有因此影响到四人间的深厚情谊。正是在这样的交流与碰撞中，我逐步确立了本书的选题和研究的方向；也正是在这样的环境和氛围中，促发了我对中国现当代文学发展历程中出现的一些现象和问题的深入思考。时至今日，终于有了这样一本倾诉心得的册子呈现。

安徽大学文学院教授黄书泉先生欣然为本书赐序，并对书稿内容做了恳切的评价；北京师范大学出版集团安徽大学出版社卢坡先生为本书的出版倾注了大量心血，在此一并深致谢意。

最后，我还要感谢我的太太王道青女士。如果没有她对家务的辛勤操劳，对我学习和工作的竭力支持，也就难有拙作的面世。因此，这部拙作的出版，也可以算是对她辛勤操持的一点点报答。

夏文先
2012年11月16日于淮南工贸学苑